DREAMBOOKS★

DREAMBOOKS★

전생자

전생자 20

초판 1쇄 인쇄 2020년 3월 20일
초판 1쇄 발행 2020년 4월 6일

지은이 나민채
발행인 오영배
편집 편집부
일러스트 eunae
본문 디자인 오정인
제작 조하늬

펴낸 곳 (주)삼양출판사 · 드림북스
주소 서울시 강북구 도봉로 173
대표 전화 02-980-2112 **팩스** 02-983-0660
편집부 전화 02-987-9393 **팩스** 02-980-2115
블로그 blog.naver.com/dreambookss
출판등록 1999년 3월 11일 제9-00046호

ⓒ 나민채, 2020

ISBN 979-11-283-9710-3 (04810) / 979-11-283-9410-2 (세트)

드림북스는 (주)삼양출판사의 판타지 · 무협 문학 브랜드입니다.

ORIGINAL FANTASY STORY & ADVENTURE
나민채 판타지 장편소설
20
전생자
dream books
드림북스

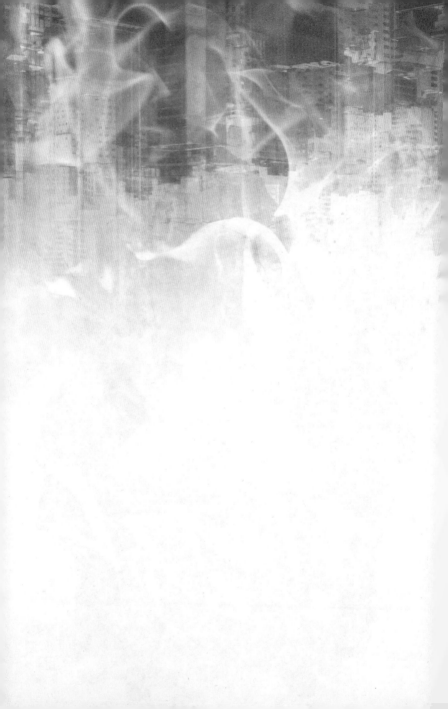

목차

Chapter 1.

전투 틈틈이.

야욕밖에 남지 않은 둠 카오스 같은 꼴로 치닫지 않으려면 몸뿐만 아니라 정신 또한 가다듬을 시간이 필요하다.

내가 무엇 때문에 여기에 왔는지. 왜 더 큰 힘을 필요로 하는지 잊지 말아야 한다. 일종의 의식처럼 핏물로 찌든 체취를 씻어 내는 작업은 꼭 필요한 것이었다.

하지만 이번에도 발견된 오아시스는 오염된 채로 존재했다.

어디 이것뿐일까.

본시 오크 종들의 대륙은 진입하기 전부터 피로 얼룩진

땅이었다.

이것들의 정복 전쟁은 치열했다. 그래서 처음에 오크 부족의 터전들은 두 경우로만 발견되었다.

지난 전투들에서 꾸준히 승리해 온 곳들은 노예들을 흡수하며 다음 전투를 준비하고 있었고.

이미 몰락해 버린 부족들의 터전에선 야생의 먹잇감이 된 시체들만 나뒹굴고 있었다.

그러나 그러던 것도 어느 한 기점에서 달라졌다. 사막의 오크 부족들이 오래된 고향을 버리고 북방의 한랭지대로 이주하기 시작했다.

내가 진입했다는 게 전 오크 부족들에게 알려진 것.

그렇게 오크 종들의 네트워크가 그린우드 종들보다 월등한 까닭은 주술사란 존재들 때문이었다.

나는 그것들 중 한 녀석의 전향을 받아들였다.

이름은 야푼.

주술사들의 왕 툰과 떼를 지어 온 그 무리들이 아무것도 하지 못한 채 썰려 나가는 것을 보자마자, 내게 충성을 맹세한 늙은 오크였다.

자신의 쓸모를 증명하기 위해 무던히도 애쓰고 있는 녀석.

나는 오아시스 쪽을 눈빛으로만 가리켰다. 오염된 그곳을 정화시키는 게 야푼의 책무니까.

　[노예 야푼이 스킬 '물의 정령 소환'을 시전 하였습니다.]

주술사가 마나를 움직이는 방식은 검사나 마법사의 그것과는 조금 달라서 익숙해지는 데 시간이 필요했다.
그런데 그 필요한 시간도 이번이 마지막인 것 같았다. 비로소 놈의 마나 흐름을 특정할 수 있게 됐을 때였다.
설계도가 떴다.

　[설계도 '물의 정령 소환(F)'가 추가 되었습니다.]
　[* 영적인 능력이 필요합니다. 정신계 능력으로 대체 가능합니다.]

주술사들이 품고 있는 설계도.
그것은 늙은 오크의 전향을 받아들인 두 가지 이유 중 하나다.
시작하겠습니다.
늙은 오크는 그런 담담한 눈빛으로 날 바라본 후 고개를 돌렸다. 그쪽으로 나타난 물의 정령은 루네아 잡것만큼이나 작은 모습이었다. 본인이 무엇의 부름에 응했는지 처음에는 알지 못하다가 곧 깨달았는지 도망치려는 모습을 보인다.

그러나 직후, 늙은 오크의 목걸이에서 스산한 기운이 끼쳐 나오더니 그 기운은 곧장 오크의 주먹으로 연결되었다.

오크가 편 주먹에 남은 것은 정령의 시체라고 부를 수도 있고 씨앗이라고 부를 수도 있는 것이었다. 그것이 오아시스를 정화시킨다.

늙은 오크는 본인이 먼저 물을 마셔 본 이후에 깨끗한 물을 바쳐 왔다.

어쨌거나 이 녀석은 엘프 종, 아슬란과는 다른 놈이다.

아슬란은 내 질서에 감복해서 지난 과거를 모두 버리고 들어왔지만, 녀석은 여느 각성자들과 크게 다를 바가 없다.

힘에 굴종했다. 공포에 순응했다. 녀석의 신념은 더 큰 힘에 대한 갈증에 있었다.

왜 모르겠는가. 이런 기회주의자 녀석은 어디에나 있는 것이다.

부족의 구성원들에게 영혼의 길잡이처럼 떠받들어졌던 놈이 부족을 배반했다. 본인의 신을 버렸다.

동족들이 하루가 다르게 죽어 나가는 광경을 지켜보면서 눈 하나 깜짝하지 않는 까닭은 복수를 열망하고 있기 때문이 아닐 터였다.

오아시스에 몸을 담그며 녀석을 확인했다. 녀석은 충실한 앞잡이를 자처해 온 것답게 다음 임무에 돌입할 준비가 끝나 있었다.

나약한 부족이 아닌 강한 힘을 품고 있는 것들이 포진된 부족을 찾아서.

그렇게 제대로 된 사냥터를 찾아서.

스르르—

녀석의 육신에서 정신체가 빠져나와 빠른 속도로 사라졌다.

[설계도 '유체 이탈(A)'이 추가 되었습니다.]

[* 영적인 능력이 필요합니다. 정신계 능력으로 대체 가능합니다.]

원래도 정신체들이 공간을 넘나드는 성격을 지녔다지만 그 과정이 전에 비해 신속해졌다.

확실히 녀석은 나를 따라다니면서부터 뚜렷한 성장을 보이는 중이었다.

몸을 씻고 나온 후, 늙은 오크의 육신 옆에 자리를 잡고 앉았다.

뜨거운 기온에서는 그늘만으론 썩 선선하다고 할 수 없었는데, 주변에 퍼져 있는 한기(寒氣)야말로 더위를 식히는 데 보탬이 된다. 중심부로 엉덩이를 끌자 과연 쾌적한 기분이 들기 시작했다.

흘러나오는 음산한 한기의 중심은 녀석의 목에 걸린 뼈 목걸이다.

[고위 주술사 야푼의 전승 목걸이 (아이템)

모래 바람 부족의 역대 고위 주술사들의 손가락뼈로 만들어져 있습니다. 무수히 많은 망령의 울부짖음으로 가득 차 있습니다.

성장형 아이템입니다.

아이템 등급: SS

아이템 레벨: 575

효과: 착용 시, 스킬 '유체 이탈' '영혼 저주' '피의 저주'를 비롯해 정령 소환계 스킬과 토템 소환계 스킬의 등급을 한 등급 상승 시켜 줍니다.

특성 '영계 진입' '정령계의 문' '대자연과의 공조' '영계의 눈'을 한 등급 상승 시켜 줍니다.

사용 시, 일회성 스킬 '망령 해방'

영혼 저항력 + 23%, 정신 저항력 + 23%

사용 제한: 고도의 영적 능력자, 챌린저 구간 이상의

정신계 각성자]

둠 아루쿠다가 그 작은 입으로 먹어 치우지 못했거나 눈길을 받지 못한 망령들이 거기에 수집되어져 왔다.

그렇다. 이 물건이 늙은 오크의 전향을 받아들인 두 번째 이유다.

녀석은 자신의 물건이라고 생각하고 있겠지만 처음부터 그건 내 것이었다. 눈치가 있다면 알아서 바칠 일이다만, 글쎄.

녀석에게 그런 기회가 찾아올지는…….

*   *   *

몸도 쾌적하게 만들어 두었겠다, 모처럼 맞은 정비 시간을 소홀히 보낼 생각은 없었다.

보관함에서 전투 식량 하나를 꺼내 놓으며 시작했다.

[* 1군단장 권성일]

[2시간 전: '홀리 나이트, 월광의 검'을 처치 하여 퀘스트 '홀리 나이트 처치'를 완료 하였습니다.

─ 4천120만 경험치를 획득 하였습니다.

─ 시스템 관리자(오딘)는 3천708만 경험치를 분배 받았습니다.

─ 권성일은 412만 경험치를 분배 받았습니다.]

민간인들은 식사 중 미디어 매체를 보면서 즐거움을 찾을 수 있겠지만 지금 내게는 이것이 유일한 즐거움.

지난 기록과 실시간 메시지는 그래픽 없는 글자에 불과하지만 때로는 소설이 되었고 머드 게임이 되었으며 약간의 상상력만 보태면 훌륭한 영화가 될 수 있었다.

홀리 나이트를 처치했다는 성일의 기록에서도 마찬가지다.

기록의 앞뒤로 다른 기록이 없다는 점. 성일 군단에 속한 다른 각성자의 동시간대 기록에서는 폭발적인 전투가 진행 중이었다는 점.

그런 점들을 종합해 봤을 때. 성일은 전투가 시작되자마자 지휘관인 것 같은 녀석을 특정해서 뛰어들었을 게 분명했다.

육중한 체구로 솟구쳐 오른 성일. 그리고 맞은편에서 똑같이 뛰어오른 홀리 나이트.

두 강자의 싸움은 매우 격렬해서 누구도 접근할 수 없었을 것이다. 그러며 성일의 승리로 싸움에 마침표가 찍혔을 때에는 각성자 군단의 압도적인 화력 하에 사방의 전투 역시 끝나 있었을 테지.

바야흐로 중부에 남은 아트레우스 왕국을 점령하자마자 각성자들이 사방 각지로 뻗어 나가고 있는 시국이다.

성일의 기록은 빙산의 일각에 불과했다.

보라.

세계 증시는 거시적으로 보면 멈추는 법이 없다. 여기에서 장이 닫혔어도 저기에서는 장이 열려 있다. 그리고 이쪽의 결과와 저쪽의 결과가 끊임없이 연동되어 커다란 한 줄기의 흐름을 보여 주듯이 지금이 그랬다.

성일이 전투를 끝마친 이 시각. 나 역시 모처럼 정비 시간을 가지고 있는 이 시각에도.

전투는 여전히 진행 중이며 거기에서 강탈한 힘들 또한 내게로 흘러들어오는 중이다.

실시간 알림을 켜자마자 온갖 메시지들이 솟아오르기 시작했다.

흥미로운 메시지를 찾아냈다.

[일반병, 무라이 에이타가 디아망 왕국의 근위 기사를 처치 하였습니다.]

[무라이 에이타가 21만 3200 경험치를 획득했습니다.]

[시스템 관리자(오딘)는 19만1880 경험치를 분배 받았습니다.]

[무라이 에이타는 2만1320 경험치를 분배 받았습니다.]

[무라이 에이타의 레벨이 변동 되었습니다.]

[LV.62 → LV.100]

녀석의 이름만큼은 인상 깊다.

직접 대면했었던 적은 없다. 그러나 기억의 궁전을 활용하지 않고서도 이 녀석의 이름을 바로 떠올릴 수 있는 까닭은 별 게 아니다.

협회에 등록했었던 각성자들 중 최약체가 이 녀석이었으니까.

182329명 중에서 182329위. 그러니 이 녀석을 왜 모르겠는가.

그런 상태로 시작의 장에서 살아 돌아올 수 있었던 것도 능력이라면 능력이라 할 수 있었다. 녀석이 생존을 위해서 싸웠을 대상은 칠마제 군단이 아니라 자기 자신이었을 터였다.

어리고 잘생겼다면 보살핌을 받아 왔겠지. 그러니 지금 녀석은 더더욱 악에 받쳐서 제 한 몸을 불사르고 있지 않을까.

슬슬 즐거운 순간이 목전까지 가까워지고 있었다.

[레벨: 652 (98.32%)]

지금 어딘가에선 또 하나의 일개미가 큰 식량을 발견해 냈다.

헤라! 계집의 이름이 빠르게 스쳐 댔다.

[2군단장, 데보라 벨루치(헤라)가 마탑의 주인을 처치하였습니다.]

[데보라 벨루치가 3천200만 경험치를 획득했습니다.]

[시스템 관리자(오딘)는 2천880만 경험치를 분배받았습니다.]

[데보라 벨루치는 320만 경험치를 분배 받았습니다]

온다.

[레벨 업 하였습니다.]
[레벨: 653 (0.00%)]

쾅!
내부 세계는 또 한 번의 확장을 맞이했다.

*　　*　　*

늙은 오크가 다음 사냥터를 물색해 왔다. 정비 시간은 짧았지만, 다음 정비 시간을 고대하며 그만 몸을 일으켜야 할 때였다.
그런데 그때 시스템 관리자로 설정해 뒀던 알림 항목 하나가 시야로 끼어들었다.

[권좌의 주인, 조나단 헌터(염마왕)가 붉은 심장의 길, 오크 전사를 처치했습니다.]

조나단이었다.

  [조나단 헌터가 붉은 심장의 길, 오크 전사를 처치
  했습니다.]

    ……

  [조나단 헌터가 붉은 심장의 길, 오크 전사를 처치
  했습니다.]

동일한 메시지가 빠르게 올라오기 시작했다.

오크 종이 본토 습격에 가담했던 적은 교단의 원정대를
통한 것밖에 없었다. 이후부터는 엘프 종들로만 구성되어
왔었다.

하지만 지금, 습격의 행태가 바뀌었다. 교단 원정대가 아닌
부족 단위. 왜지? 오크 대륙을 침공한 일과 연관된 일인가?

그런데 바뀐 건 습격의 행태뿐만이 아니었다. 조나단이
처치한 수가 세자릿수를 돌파하고 있었다. 습격 규모에 있
어서도 지금까지의 습격과는 궤를 달리 하는 것이다.

이런 습격이 어떻게 왜 시작되고 있는지는 당장 알 수 없다.

그러나 이것만은 분명했다. 그것들은 조나단을 얕잡아
보았고 또 시스템 관리자의 영역에 도달한 나까지 얕잡아
보았다.

그러니 보여 줄 수밖에.

[정화 장치 '시스템 서버'의 전송 비율을 재설정 합니다.]

시스템 관리자가 무엇인지!

[조나단 헌터에게 첼린저 박스(인장)를 지급 합니다.]
……
[조나단 헌터에게 첼린저 박스(스킬)를 지급 합니다.]
……
[조나단 헌터에게 첼린저 박스(아이템)를 지급 합니다.]

*   *   *

이쪽 것들은 옛 고룡들의 피가 이어져 온 소수의 드라고린들만이 '태고의 분노'라는 특성 영역을 간직할 뿐이었다.

그 외 것들의 내부 세계에는 스킬과 특성을 담당하는 영역이 따로 없었다.

그렇게 그것들의 내부 세계에 채워진 마나는 육신을 강화시키는 용도로 쓰이는데, 거기에 중요한 쓰임이 하나 더 있다.

바로 외부 세계로부터 빌려오는 힘을 받아들이는 그릇의 역할로도 쓰인다는 것.

각성자들과 이쪽 것들의 차이는 거기에 있다.

똑같이 화염구를 쏘아내는 능력 하나씩만 가진 원거리계 각성자와 이계 종 마법사가 싸우고 있다고 가정해 보자.

각성자는 스킬을 한번 시전하고 나면 소용돌이식 회전 과정을 통해 자체적으로 힘을 충전시키면서 재사용시간을 가진다.

마법사도 다시 마법을 시전하기 위해선 마나로 충만한 외부 세계, 즉 올드 원으로부터 힘을 끌어오는 시간을 가진다.

재사용 시간만 따져 보면 마법사 쪽이 비교할 수 없을 만큼 월등하다. 하지만 재사용 시간은 승패를 결정짓는 한 가지 요소에 불과하다.

첫째, 화염구가 어떻게 구성되어져 있는가?

각성자들에게 F급 스킬과 S급 스킬은 시작부터가 천지 차이다.

마법사들 또한 1서클계 화염 마법과 7서클계 화염 마법은 궤를 달리한다. 서로 부르는 명칭은 달라도 설계 근원은 같은 바.

승패를 결정짓는 가장 큰 비중이 바로 여기에 있는 것이다.

그러나 구성 또한 동등하다면 또 무엇이 승패를 나누는가?

둘째, 숙련 레벨과 깨달음의 차이.

각성자들은 숙련 레벨을 상승시켜 스킬의 위력을 증가시킨다. 마법사들은 집중을 통한 깨달음이 각성자들의 그 과정을 대체한다.

그럼 S급 스킬의 최고 숙련 레벨을 찍은 각성자와 7서클 마법의 최고 깨달음까지 닿은 마법사가 동일한 스킬과 마법으로 승부를 본다면?

확신할 수 있다.

재사용 시간의 압도적인 차이로 각성자는 마법사를 절대 이기지 못한다.

더욱이나 수명이 긴 엘프와 오크 종들을 상대로는 말이다. 그것들이 도달한 깨달음은 그린우드 종들의 것과는 차원이 달랐다.

각성자들과 이계 종들이 힘을 얻고 발현하는 과정은 얼핏 보면 같아 보이지만 자세히 들여다보면 그렇게 큰 차이가 있었다.

그런 세계의 진실을 누군가 알게 된다면 우리의 충전식 설계를 두고 올드 원이 큰 특혜를 준 것이 아니냐 하겠지만 천만의 말씀.

올드 원은 제힘을 아끼려고 그런 것이다.

충전식 설계는 긴 재사용 시간을 필요로 하여 전투력을 약화시킨다. 숙련 레벨로 수정된 체계 역시, 전투를 통해서만 그 능력을 올릴 수 있도록 제한된 점에서는 변함이 없었다. 그것도 강력한 적을 상대할수록 더 높은 숙련도를 쌓을 수 있도록 설정된 것.

거기에서 올드 원의 정체가 여실히 드러난다.

최소의 비용으로 최대의 효과를 내려는 이기적인 치졸함 말이다.

놈이 정녕 우리를 통해 전세를 역전시키고자 하는 마음이 있었다면 그래선 안 됐다. 본인의 힘을 아끼지 말고 투입했어야지!

명분은 그럴싸했다.

힘이 무한하지 않으니 스스로 받을 자격이 있다고 증명해 낸 자에게만 나눠 주겠다고? 거기서부터 잘못되었다.

옛 고룡들에게 그랬던 것처럼 우리 인류에게도 처음부터 제힘을 제대로 투입했어야 했다. 완벽한 첼린저 하나를 만드는 데 막대한 힘이 소진될지라도 말이다.

지난 세월들이 뇌리를 스쳐 대던 그때.

[조나단 헌터가 첼린저 박스(스킬)를 개봉합니다.]

조나단이 박스를 까기 시작했다.

[염마왕의 화염옥 (설계도)
코드: 마법(S) — 64
출처: 종족 — 오크
부족 — 타오르는 해골
대상 — 홀리나이트, 대마법사 말하마
소비 : 숙련 레벨 1 — 10만 xp

숙련 레벨 2 — 30만 xp

숙련 레벨 3 — 120만 xp

숙련 레벨 4 — 520만 xp

숙련 레벨 5 — 1200만 xp

숙련 레벨 6 — 3000만 xp

숙련 레벨 7 — 9250만 xp]

[조나단 헌터가 스킬 '염마왕의 화염옥(火焰獄)'을 획득 하였습니다.]

[시스템 관리자(오딘)는 9250만 경험치를 사용하였습니다.]

9250만.

최고 숙련 레벨로 만들어진 S 등급 스킬 하나에 그 정도 힘이 투입된다.

어디까지나 순수 4대 능력치의 성장으로만 따져 봤을 땐 브론즈 세 놈을 마스터 구간 말엽으로 만들어 낼 수 있는 힘.

[레벨이 하락 했습니다.]

[레벨: 652 (97.18%)]

[경험치: 14억923만 /14억5000만]

　조나단에게 주는 것인데 무엇이 아깝겠는가. 그는 내 사람들 중 누구보다도 강해져야 한다. 연희보다도 오시리스보다도.

　[조나단 헌터가 첼린저 박스(스킬)를 개봉합니다.]

　마음 놓고 까라. 조나단. 어차피 우리의 일개미들이 지금 이 시각에도 열심히 일하는 중 아니냐.

　[6군단장, 발터 슈나이더(하데스)가 앨래오스파의 고위 마법사를 처치 하였습니다.]
　[지휘관, 자칸 다하리가 매음굴의 왕을 처치 하였습니다.]
　[일반병, 모크타르 아운이 월광의 병사를 처치 하였습니다.]
　……
　[일반병, 무라이 에이타가 복음의 사도를 처치 하였습니다.]
　[일반병, 무라이 에이타가 복음의 사도를 처치 하였

습니다.]

　[일반병, 무라이 에이타가 미쳐 날뛰고 있습니다.]

봐라. 최하위 녀석도 이렇게 열심인 것을.

＊　　　＊　　　＊

지금 내가 하는 것은 몰이였다.

사막의 전 오크 부족들이 한랭의 북방으로 이주를 마치도록.

괜히 지금 북방으로 이동했다간, 온갖 오크 부족들이 사방 각지로 흩어질 수 있는 것이었다. 그렇지 않아도 호주 대륙 이상으로 광활한 곳이다.

아무리 나라고 해도 혼자서는 얼마나 걸릴지 모를 일.

최선은 오크들을 한 곳에 몰아넣고.

그것들이 내게 대항하는 세력으로 응집되었을 때 거기에서 끝장을 보는 것이다.

모이면 모일수록 내게 대적할 수 있다는 희망을 가질 테니까.

지금에야 도망치는 신세라지만 그때가 되면 강자들로 전열을 가다듬을 것이며 온갖 부족들의 유물과 아티팩트로 무장을 갖출 것이다.

그 희망이 본인들을 집어삼킬 초열의 불덩이라는 것을 차마 모른 채, 혹은 알면서도 애써 무시하며 밝은 불빛만 보고 모여들겠지.

조나단에게 투입했던 힘은 진즉 수복된 때였다.

　　[추출자가 발동 했습니다.]
　　……
　　[추출자가 발동 했습니다.]

일개미들의 꾸준한 작업.

그리고 늙은 오크가 물색해 온 사냥터에 보물 고블린이 속해 있는 것이야말로 크게 주요했다.

전승되었거나 발굴해 온 유물, 유물, 유물…….

자체적으로 만들어 낸 아티팩트, 아티팩트, 아티팩트…….

이번에 처치한 놈은 오크가 아니라 보물 고블린 혹은 캣 푸드 웨어하우스라 불러야 마땅한 놈으로 놈이 정복 전쟁을 통해 확보해 놓은 전리품들이 상당했다.

거기에는 다양한 부족들의 이름이 걸려 있다. '옛'이라는 말이 붙어 있는 이름들은 지금은 존재하지 않는 오래된 부족의 이름.

그러니까 이 모든 유물들은 오크 종들의 역사와 다를 바가 없었다.

그중 한 유물은 놈이 죽으며 토해 놓은 것보다 배 이상 되는 경험치를 선사했었다.

유물과 아티팩트들은 빠른 속도로 부서지고 있었다.

한 수레에 담겨 있던 것들을 먹어치우고 다음 수레로 발걸음을 옮길 때였다.

알림이 떴다.

　[조나단 헌터가 붉은 심장의 길, 홀리나이트 즈후둔
　을 처치했습니다.]

조나단도 전투를 끝낸 모양이었다.

　[조나단 헌터가 붉은 심장의 길, 홀리나이트 즈후둔
　을 처치했습니다.]
　[조나단 헌터가 9천 4백만 경험치를 획득 하였습니
　다.]
　[조나단 헌터는 9천 4백만 경험치를 분배 받았습니
　다.]

단일 개체로는 지금까지 본 것들 중에 가장 높은 경험치.

그 정도면 오크 종들 사이에서 유명한 놈일 터.

과연 홀리 나이트라고 해서 다 같은 홀리 나이트가 아닌 것이, 조나단이 마지막에 처치한 놈은 결국 그의 1회차 끝을 알리는 제물이 되었다.

[시스템 관리자(오딘)는 7천 6백만 잉여 경험치를 분배 받았습니다.]

[조나단 헌터가 붉은 심장의 길(오크 정예 부족)을 물리쳤습니다.]

[처치 수: 2435

— S급: 1 A급: 3 B급: 42 C급: 174 D급: 708 E급: 1507

합산 경험치: 304,476,200

변동 레벨: LV.530 → LV.560]

그런데 무려 2435 개체의 정예들로 구성된 습격이었다.

다시 보아도 이가 갈린다.

지금껏 던전형 습격은 무시해 왔었다.

규모가 작고 횟수도 줄어드는 추세라서 얼마든지 통제 가능한 영역에 있기 때문이었다. 또한 문제가 되었던 게이트를 통한 대규모 침공만큼은 완전히 차단되었기 때문이기도 했다.

하지만 이렇게 부족 단위의 정예들로 구성된 대규모 습격이라면, 게다가 S급까지 포함된 습격이라면 사정은 달라지는 것이다.

이건 엄연히 둠 카오스의 계약 위반이다.

하지 못한 것인지 안 한 것인지는 중요한 게 아니었다. 놈은 내게 본토의 안전을 보장했었고 나는 그 때문에 거기에 응해 왔던 것이 아니었나!

이번 일은 묵과할 수 없다. 지금 이 순간에도 나를 내려다보고 있을 그 빌어먹을 놈을 향해 고개를 세웠다.

대면을 요청할 생각으로 입술을 떼려던, 바로 그때였다.

[조나단 헌터가 바클란 멸살, 오크 전사를 처치 했습니다.]

[조나단 헌터와 바클란 멸살(오크 정예 부족) 간의 전투가 시작 되었습니다.]

"……!"

이렇게 바로 말인가? 대체 둠 카오스는 뭘 하고 있단 말이냐.

어쨌거나 틀림없다.

이 광활한 땅 어딘가에 조나단을 특정한 통로가 열리기 시작한 것이다.

이가 갈리는 그대로 노예 야푼을 향해 뱉었다.

"바클란 멸살, 그것들을 찾아라."

그런 다음이었다.

[시스템 관리자의 권한으로 조나단 헌터의 레벨 제한을 해제 합니다.]

[시스템 관리자의 권한으로 조나단 헌터의 스킬 보유 제한을 해제 합니다.]

[시스템 관리자의 권한으로 조나단 헌터의 특성 보유 제한을 해제 합니다.]

[시스템 관리자의 권한으로 조나단 헌터의 아이템 장착 제한을 해제 합니다.]

[조나단 헌터의 스킬, 특성, 아이템의 최대 보유치는 10 입니다.]

[조나단 헌터가 2회차를 시작 합니다.]

[조나단 헌터가 엔더 구간에 진입 합니다.]

＊　　　＊　　　＊

바클란 멸살.

이름에서부터 추정할 수 있듯이, 그 오크 부족의 터전은 먼바다 너머로 바클란 군단의 점령지를 맞대고 있는 서부 해안이었다.

고향을 떠나 북방으로 이동하던 그것들은 도중에 두 무리로 나뉘었다.

그중 많은 비중을 차지하는 무리는 북쪽으로 계속 나아가는 흔적을 남겼다. 하지만 한 지점에서 자취를 감춰 버린 흔적이야말로 내가 쫓아 온 것이었다.

여기에서 조나단에게 향하는 통로가 열렸다가 닫혔던 것이다.

공간이 움직였던 잔상은 아직도 남아 있었다.

"우리는 성전의 문이라고 부르는 것입니다."

늙은 노예가 모처럼 만에 입을 열었다. 원래는 벙어리처럼 말이 없는 녀석이었는데, 스스로 입을 연 걸 보면 녀석으로서도 의외인 모양이었다.

어쨌든 결론은 이런 식으로는 계속 뒷북을 치는 수밖에 없다는 거였다.

메시지를 확인하고 움직인 이후에는 통로가 닫혀 있다.

이것을 직접 확인한 것까지만 의미가 있는 것일 뿐, 둠 카오스 놈과의 독대가 필요한 시점이다.

"보시고 있습니까."

천공을 향해 말했다. 그리고 기다렸다. 그러나 놈은 끝내 내 요구에 응하지 않았다.

어차피 오크 종들이 북방 한랭 지대로 이주를 끝마치기까지는 시간이 꽤 걸릴 일이다. 고민은 길지 않았다.

본토로 향한다.

하지만 이 사악한 노예를 이대로 남겨 두고 갈 수는 없는 노릇 아닌가.

그때 녀석은 나와 눈을 마주치고 있지 않았지만, 본능적인 직감이 있었던 모양이었다. 비로소 들려진 녀석의 고개.

녀석의 두 눈은 혼란으로 가득 차 있었다. 공포와 분노 그리고 당황함이 다 뒤섞여 나온다.

"왜. 너무 이르다 생각하느냐?"

[노예 야푼이 '고위 주술사 야푼의 전승 목걸이'를
사용했습니다.]

[노예 야푼이 망령 해방을 시전 했습니다.]

미련하게도 그것이 녀석의 대답이었다. 느릿해진 세계.

제아무리 재빠른 속성을 지닌 망령이라도 나를 넘어설
수는 없는 법이다. 망령들이 뼈 목걸이 밖으로 고개를 들이
밀려 할 때.

나는 이미 목걸이를 통째로 쥐고 있었다. 손아귀 안으로
일으킨 압력이 망령들을 제자리로 밀어 넣었다.

[망령 해방을 파훼 하였습니다.]

— 앞잡이의 말로는 뻔한 것 아니냐.

녀석의 고막이 터져 버리는 광경도, 그러며 녀석의 중심
이 고꾸라지는 광경도.

메시지가 올라오는 속도를 따라오지 못한다. 이런 녀석
에게는 스킬을 쓸 필요도 없었다. 쫙 편 손아귀. 그리고 내
리깔리는 풍압(風壓).

한때 엔테과스토가 인섹툼을 핏덩어리로 만들어 버렸던

그것인데 놈이라고 버틸 재간은 없는 것이다. 손바닥을 내리친 후였다.

감각을 풀면서 제 속도를 찾은 세상에서 녀석은 터져 버렸다.

콰직!

[노예 야푼을 처치 했습니다.]

[고위 주술사 야푼을 처치 했습니다.]
[아이템 '고위 주술사 야푼의 전승 목걸이'를 획득했습니다.]

그때 질풍자와 예민한 자가 서로를 꺼내 달라는 식으로 꿈틀거렸다. 그렇지 않아도 궁극의 영역을 접한 이래로 확인해 볼 게 있던 차였다.

[예민한 자가 발동 하였습니다.]

＊　　＊　　＊

내가 들어온 사실을 눈치챈 이는 아무도 없었다. 민간의 군인들은 물론이거니와 각성자들도 마찬가지.

조나단의 아지트는 텍사스 벌판에 만들어져 있는데, 푸른 결계로 완전히 뒤덮여 내부는 확인되지 않는 상태였다.

한편 일대는 군부대의 통제 구역으로 지정되어 있었다.

그나마 통제선 바깥으로 중계 차량들이 띄엄띄엄 눈에 띈다.

기자진들은 금방이라도 세상에 또 무슨 재앙이 떨어질 것처럼 호들갑을 떨고 있었다. 보도를 통제하기에는 작금의 사안이 기준을 넘어섰다는 점에는 나도 이견이 없었다.

지금껏 이런 전례가 있었던가. 간간이 조나단을 향해 습격이 있어 오긴 했으나 이렇게 장시간 동안 전투가 이어져 온 일은 없었던 것이다.

아니지, 아니야.

조나단이라면 습격이 발생했을 시 오히려 적극 보도하라는 지침을 내렸을 것 같다.

그쯤에서 감각을 일으켰다.

찌릿!—

[궁극(窮極)의 영역으로 진입 하였습니다.]

세상이 완전히 멈춰 버릴 때, 한 줄기의 하얀 기운이 드러났다.

기운의 정점을 쫓아 시선을 위로 가졌다. 천공 전체를 아우르고 있는 둠 카오스의 검은 기운이 보였다. 올드 원의 기운은 거기의 한 점을 수직으로 꿰뚫고 내려와 결계까지 관통해 있었다.

그 광경은 마치 이렇게 속삭이는 것 같았다.

보라, 둠 카오스는 너희들의 본토를 완벽히 지켜 주지 못하지 않느냐.

올드 원이나 둠 카오스의 직접적인 시선이 미쳐 있는 중이라면 이 사태를 두고 확실한 대답을 받아야 할 것들이 있었으나 어떤 시선도 없었다.

그때 끊임없는 두통 때문에 관자놀이로 절로 손이 갔다.

거기를 지압하듯이 매만지면서 발걸음을 옮겼다.

취재진을 지나쳤다. 통제선을 넘었다. 민간 군인들을 지나쳤다. 당연하게도 민간 군인들의 역할은 외부의 접근을 차단하는 것에 불과했다.

너머로 일백쯤 되는 각성자들이 방어벽을 형성하고 있었다.

최후의 방어벽은 미 특전대로 구성되어 있었는데, 그들의 가슴 포켓은 작은 케이스의 윤곽이 도드라져 있었다.

하지만 그들에게 잠깐 한 눈이 팔린 까닭은 거기에 들어 있을 각성제 때문이 아니었다. 그들이 쥐고 있는 소총. 지금 사람들에게는 처음 보는 형태의 소총이겠다만 내게는 낯설지 않은 것들이다.

본 시대의 기억과 달라진 부분이라곤 두 가지였다. 총신이 팔악 팔선 두 세력의 선전 문구 하나 새겨져 있지 않고 매끈한 점.

그리고 그것들의 총구가 올드 원의 기운이 미치는 곳으로 향하고 있다는 점.

두통이 다시 관자놀이를 찔러 온 시점에서 발을 뗐다.

여기에서 방어벽을 형성하고 있는 각성자들은 만일의 사태를 대비해 남겨진 녀석들이다.

그것들까지 지나치고 나자 비로소 결계가 바로 눈앞에 있었다.

부술 수 있을까?

'오딘의 절대 전장'도 전력을 다하면 견디질 못하고 파괴된다.

그러니 이 또한 가능할 것 같았다. 그러나 그때 발생하는 충격파는 인근뿐만 아니라 황무지 너머의 도심지까지 휩쓸어 버리리라.

[* 보관함]
[더 그레이트 실버가 제거 되었습니다.]

나를 암습하기 위해 만들어진 형태, 짧은 날. 그걸 눈앞에 두고 고민에 사로잡혔다.

충격파를 최소화하며 일부분만 잘라내는 게 가능할지는 확신할 수 없었다. 무엇보다 고민인 점은 내가 개입하는 게 과연 최선인가 하는 데 있었다.

조나단을 특정한 연쇄 습격이 시작되고 있는 때다.

그리고 정황상 오크 종들의 수많은 부족들 중에서도 정예인 것들.

그러니까 홀리 나이트나 그에 준하는 강자가 이끄는 부족들이 습격을 담당한다.

통로는 하나.

한 개 부족이 실패하면 다음 부족이 배턴을 이어받는 식.

무엇이 최선인지 따져 보고 있던 중.

[조나단 헌터가 바클란 멸살, 오크 전사를 처치 했습니다.]

[조나단 헌터가 바클란 멸살, 오크 전사를 처치 했습니다.]

......

[조나단 헌터가 바클란 멸살, 오크 전사를 처치 했습니다.]

한 번에 쏟아져 버린 메시지가 30여 개.

[조나단 헌터가 미쳐 날뛰고 있습니다.]

본인을 믿어 달라는 목소리처럼 들렸다.

그래. 성장하는 엔더에게 달려드는 것은 스스로 경험치 재료가 되겠다는 꼴밖에 되지 않는다. 게다가 조나단은 혼자가 아니다.

물리적으로는 떨어져 있을지언정 우리는 시스템으로 연결되어 있다.

개입해야 한다면 습격의 형태가 부족 연합체로 확장된 순간에서일 것이다.

*   *   *

[조나단 헌터가 바클란 멸살 (오크 정예 부족)을 물리쳤습니다.]

    [처치 수: 3102

    합산 경험치: 257,216,900

    변동 레벨: LV.561 → LV.567]

기자들은 감히 본토의 안전을 입에 담고 있는 주제에 잘도 모여들고 있었다.

    [조나단 헌터와 피의 부름 (오크 정예 부족) 간의 전투가 시작 되었습니다.]

약간이라도 공백이 있을 줄 알았는데, 결계에는 한 점 흔들림이 없었다.

올드 원이 만든 푸른 결계. 그걸 눈앞에 두고 있자니 의심만 짙어진다.

진실에 가까워지기 전까진 몰랐다. 수십 년의 시간을 통째로 역행시키는 데 얼마나 큰 힘이 필요한지 말이다.

올드 원은 그런 광대한 힘을 내게 투입했던 것이다. 그러고 나서 고작 한다는 게 둠 데지르와 토사구팽시키려 했던 거라니.

올드 원이 아무리 치졸한 이기심으로 가득 찬 존재라도 그렇게까지나 병신일 리는 없을 터였다. 하물며 신마대전 때부터 내 등장을 예견했던 성 카시안의 행보를 보면.

올드 원이 어떤 꿍꿍이를 품고 있는지 알아내기 전까지는 섣불리 노선을 틀 수 없는 것이다.

설령 둠 카오스가 위약 행위를 저지르고 있을지라도…….

그때.

기자들이 분주해졌다.

"협회장이 오고 있다네요. 빨리 알아보세요. 1초라도 좋으니까 인터뷰가 들어가야 합니다."

본토의 네트워크가 내 감각망보다 빠르다는 사실에 어쩐지 우스운 생각이 들었다.

이윽고 협회 문장이 새겨진 헬기들이 꼬리를 물며 나타났다. 이태한이 탑승해 있는 헬기를 특정해서 전음을 보냈다.

『늦지 않았군.』

이런 이례적인 일이 발생했음에도 불구하고 즉각 오지 않았다면 이태한은 협회장으로서 자격이 없다 할 수 있었다.

렙 업에 한 눈이 팔려 외면했다면 경질을 피하지 못했을 터.

『찾아뵙겠습니다. 어디에 계시는지요?』

이태한은 전음만으론 내 위치를 쫓지 못했다.

『그럴 것 없다. 여기는 내가 주시하고 있으니, 너는 인터뷰를 마치는 대로 돌아가도 좋다. 여론이 썩 좋지 않겠지.』

『예. 그보다 마리가 전달한 메시지가 있습니다. 루세아 일족의 제사장, 루루아를 통해서였습니다. 곡해가 없도록 전해 받은 그대로 전달드리겠으니 양해 부탁드리겠습니다.』

『그래.』

『루루아라는 제사장은 이렇게 말했습니다. '인간 군단이 엘프 여왕과 치른 전쟁 있잖아요? 둠 마리 님께서도 간신히 알아내셨답니다. 그게 무엇이냐면. 60초 후에 계속됩니다. 카시안은 그 전쟁이 터질 줄 알고 있었대요. 아주 오래 전부터.'』

한 글자씩 또박또박 전해져 온 전언은 곧장 내 얼굴을 구겨트렸다.

성 카시안이 오래전에 이미 대전을 예견했었다는 건 결국…….

『그 외에는?』

『이상입니다. 오딘이시여.』

이태한이 탄 헬기가 고도를 낮추고 있었다.

취재진들에게 엄숙한 어조로 일갈하는 군인들의 목소리나 바람을 일으키는 프로펠러 소리는 희미해져 갔다.

소리는 사라졌고 눈앞은 새하얘졌다. 눈이 빠르게 깜박여질 때마다 이태한이 헬기에서 내리는 광경이 나타났다 사라지길 반복했다.

1. 신마대전부터 둠 맨의 등장이 예견된 점.

2. 또한 그때부터 지난 대전이 예견된 점.

3. 대전의 앞뒤로 이어진 인과(因果)들.

그것들이 합쳐지며 하나의 진실로 터져 나왔다. 무수히 많은 가정 속에서도 그 하나만큼은 단정 지을 수 있다.

올드 원은 나를 둠 카오스 진영에 일부러 심어 둔 것이다.
자신의 뼈를 깎으면서까지!

　[* 시스템]
　[퀘스트 '성 카시안의 기록물'을 생성 하였습니다.]

　[시스템 사용자 전원에게 퀘스트 '성 카시안의 기록
물'이 전달 되었습니다.]

Chapter 2.

시스템 관리자로 치자면 나는 레벨 1, 올드 원은 10레벨 만렙이지 않을까.

돌이켜 보면 내가 받고 있는 제약이 올드 원에게선 보이지 않았다.

해골 용을 얻기 위해 돌아다녔던 성(星) 죽음의 대지 한 곳에서도 그리고 바클란 본토에서도 나는 경험치를 획득한 바 있었다.

하지만 지금 내 시스템에선 그런 것이 불가능하다.

서버가 영향력을 발휘하는 공간에서만 힘의 이전이 가능하다.

그래서 각성자들은 서버가 설치된 성(聖) 드라고린 안에서만 성장이 가능한 상황이다. 물리적으로 이어진 한 개의 차원 안에서만.

특히나 본토처럼 외부 전체가 둠 카오스 같은 것의 힘으로 둘러싸여 있다면 지금으로선 그 힘을 꿰뚫을 방법이 없는 것이었다. 지금 조나단이 폭렙을 하고 있는 까닭은 성 드라고린과 본토가 어떻게든 연결되어져 있기 때문이리라.

수집 퀘스트만 해도 우리에게는 큰 차이가 있다.

올드 원의 시스템은 공간을 조작하는 능력에 한계가 없었다. 하지만 나는 어떻게 해야만 했었던가.

협회에 따로 회수 창구를 만들 수밖에 없었다. 지금으로선 동시다발적으로 회수될 전리품들을 전부 수용할 능력이 없기 때문이었다.

각성자들이 수집 퀘스트를 완료하기 위해선 그 창구로 직접 수집품을 바쳐야 한다. 지금 이 시각에도 완료되고 있는 퀘스트들은 그런 식으로 진행되는 것이다.

그러나 이동시킬 물건이 고작 두세 장의 종이 정도에 불과하다면 창구를 인위적으로 만들어 낼 까닭도 없거니와.

그런 얕은 공간 조작쯤은 지금 내 시스템적 능력으로도 가능한 영역이다.

[1군단장 권성일이 퀘스트 '성 카시안의 기록물'을
완료 하였습니다.]

[권성일이 평판 50을 획득 했습니다.]

퀘스트를 발생시킨 이후로 성일이 제일 먼저 기대에 부
응했다.

[* 보관함]

[성 카시안의 기록물이 추가 되었습니다.]

그때도 나는 조나단의 아지트를 뒤덮은 푸른 결계와 그
통제 구역 내외의 광경이 한눈에 들어오는 거리에 있었다.

식사할 때를 제외하고는 처음으로 시선을 돌린 셈이었
다.

보관함에 들어온 기록물을 끄집어냈다.

[성 카시안의 기록물 중 일부

분류: 교습편

회수자: 권성일

출처: 종족 ― 그린우드

세력 ― 월광의 땅

대상 ― 홀리나이트, 월광의 검]

……교습편?

성 카시안의 기록물을 크게 세 개의 편으로 분류해 뒀었는데, 이것은 그중 상승 검맥과 마법 등이 담긴 교습편 중하나였다.

[본 기록물에서 설계도 '검맥(S) ― 21'이 발견 되었습니다.]
[설계도가 추가 되었습니다.]

이것을 교습편이라 명명한 까닭은 정말 그런 목적으로구성되어 있기 때문이다.

검을 수련하는 종이라면 종족과 신분에 관계없이 누구나소원하는 물건. 일약 상승 검맥의 후인(後人)이 되어 세상을 질타할 수 있는 물건.

S급 스킬들의 근본으로 쓰이는 물건이 바로 이 물건인것이다.

그런데 올드 원이 시공을 초월하는 눈을 가지고, 온갖 경우의 수를 계산해 둔 큰 그림을 완성하고 있는 것이라면 구태여 이런 교습편까지 남길 까닭이 있었을까?

가뜩이나 기록물 전체를 구성하고 있다고 보는 게 무방할 정도로, 기록물은 그 대부분이 교습편으로 채워져 있다는 게 이계의 상식이다.

전황편이라고 알려진 것도 극히 드물뿐더러 예언편의 존재는 아예 전설에 가까운 것이다. 쓸데없는 것들로 지면을 채우고 있다고?

그리고 보라.

정녕 시공을 초월하는 시선 하에 이 기록물들이 내게 수집되어질 거라는 '지금의 시간대'까지 예정되었다면…….

기록물의 예언편은 올드 원이 내게 남긴 은밀한 지시이자 회유가 되는 것이다.

내가 그것을 받아들일지 말지와는 별개로, 그걸 보내오기에 지금만큼 적당한 시점은 없었다.

둠 카오스가 명백히 계약을 위반하고 있지 않은가?

이때 올드 원의 입장에선 둠 카오스 이상으로 내 사람들과 본토의 안전을 보장하며 둠 카오스를 처단하는 지름길을 보여 주는 것이 합리적인 방향이란 거다.

그래서 첫 번째로 들어오는 기록물을 계속 기다려 왔다.

극도로 찾기 힘든 예언편이 우연에 우연을 거듭하여 바로 내 손에 쥐어졌다면, 그때야말로 이 모든 게 올드 원의 거대 톱니바퀴로 굴러가고 있음을 증명하는 것이 될 테니까.

하지만 아니었다.

첫 번째로 들어온 건 고작 교습편에 불과하다.

설령 이것들이 다 모여서 무엇으로 완성될지는 모르는 일이라고 해도, 이 또한 올드 원의 큰 그림이라고 해도.

부정할 수 없는 사실 하나가 있는데, 교습편에 너무 많은 지면을 할애하고 있다는 점이다. 그것들을 언제 다 모을 수 있을까.

게다가 교습편을 통해서가 아니어도 나는 전장 안에서 설계도를 수거할 수 있는 영역까지 도달한 상태이지 않은가.

전후 사정 따질 것 없이 기록물 자체만 보자면.

이것의 본 목적은 후대 이계 종(種)들의 능력을 성장시키는 데 있다고 봐도 무방할 정도다.

거기서 또다시 갈라져 나오는 의문.

왜 기록물을 페이지별로 다 찢어 사방 전역으로 뿌려 버린 것일까?

그것도 일관된 규칙이 없었다. 어디서 발견된 것은 낱장이고 어디서 발견된 것은 두세 장이 한 묶음이었다.

어떤 목적하에 만들어졌든.

올드 원이 전 시간대, 인과(因果)를 통달해 볼 수 있는 능력이 있다고 가정해도 그렇게나 비효율적일 순 없는 것이었다.

내게 입수될 거라 계산되어졌다기에는 납득되지 않는 부분이 많았다.

온갖 가정들이 계속 떠올랐다. 하지만 이것에 대해 답을 내리면 저것에 상충하고 저것에 맞으면 이것에 상충됐다.

그러한 모순을 해결하는 방법이라고는 하나밖에 없었다.

기록물들은 성 카시안이 올드 원의 지시에 의해서 남겨둔 것이 아니라, 올드 원과는 상관없이 자의로 만들어 둔 것이라고 가정하면 대부분의 문제는 해소되었다.

이게 맞길 바란다.

그렇다면 거기서 파생되는 즐거운 가정들은 모두 진실이 되니까.

＊　　　＊　　　＊

습격 형태는 아직까지 달라진 게 없었다.

[조나단 헌터의 레벨이 상승 하였습니다.]

[조나단 헌터를 도저히 막을 수 없습니다.]

[전장의 지배자, 조나단 헌터]

조나단에게 습격이 시작된 지 이틀째에 접어든 날이었다.

다양한 정예 부족들의 이름이 경험치 재료로 사그라져 온 동안.

교습편 몇 개가 추가로 입수되었다.

하지만 전황편은 락리마 교단에서 엄격히 관리되어져 왔었고 예언편도 그런 것이 존재한다는 것만 알려져 있을 뿐이라, 기다림이 길어지고 있었다.

[2군단장 데보라 벨루치가 퀘스트 '성 카시안의 기록물'을 완료 하였습니다.]
[데보라 벨루치가 평판 50을 획득 했습니다.]

그때 헤라 쪽에서도 성과가 나왔다. 이번에야말로 전황편이었다.

[성 카시안의 기록물 중 일부
분류: 전황편
회수자: 데보라 벨루치
출처: 종족 — 그린우드
세력 — 락리마 교단, 성 제이둔 장로회

대상 — 교구장 나오스]

「……쿠다가 물러간 이후부터 본격적으로 화이트의 영혼을 찾아다녔다.

그러나 화이트의 영혼은 어디에도 없었다. 블루와 실버의 영혼이 안치된 엘슬란드의 그곳에서도 화이트의 영혼은 존재하지 않았다.

그렇다면 주께서 화이트의 영혼을 보호해 주시지 않은 것인데, 바로 납득이 되는 일이 아니었다.

죽은 자들의 마왕으로부터 도망친 것은 화이트뿐이 아니지 않은가. 징벌을 받아야 한다면 같이 도주했던 블랙 또한 피할 수 없는 것이었는데, 블랙에게는 어떤 징벌도 떨어지지 않았다.

생각건대 화이트는 도주보다 더 큰 죄를 지은 것이었다. 용서할 수 없는 죄. 그러한 죄가 우리에게 가능하단 생각에 나는 한참이나 몸을 떨었다.

화이트의 전철을 밟고 싶지 않았다. 그러려면 화이트가 어떤 죄를 지었는지 알아야 했다.

주께선 답이 없으셨고 나는 블랙에게 이렇게 물었다.

"너희들이 도주하기 전에 무슨 일이 있었느냐?"

블랙도 나 못지않게 떨고 있었다. 블랙은,

"……저하고는 관계없는 일입니다. 저도 화이트의 죽음에 대해서 아는 바가 없습니다. 화이트는 대체 무슨 죄를 지었을까요?"

라며 각자 전비를 갖추고 전장에서 만났다는 말로만 일관하였다.

"화이트가 이상하진 않았느냐?"

라고 화를 내며 물으니.

"그는 전장에 도착했을 때부터 겁에 질린 상태였습니다. 같이 도주하자고 부추겼던 것도 그였습니다."

라며 고백했다.

화이트는 전비를 갖추는 과정에서나 전장으로 향하는 도중에 어느 용납 못 할 죄를 진 것 같았다.

나는 화이트의 이동 경로를 답습해 보았다. 화이트의 빙산에서부터 내려오던 도중에 엘슬란드의 대신전이 위치한 부근에서 비행을 멈출 수밖에 없었다.

우리 주의 광활한 기운이 실로 거룩했다. 거기에서는 생명의 나무가 자라고 있었다.

감히 우리 주께 대적하는 힘 또한 그 앞에선 정화되고야 말리라, 나는 우리 주께서 승전 이후를 계획하고 있으심에 기쁨을 감출 수 없었다.

그것이야말로 승전의 표상이었기 때문이었다. 그런데 생명의 나무가 현존하는 존재와 도래할 존재를 위해 만들어진 것임을 깨닫기까지는 그리 오래 걸리지 않았다.

나는 이상함을 느껴 나무 앞으로 내려섰다. 그때 나는 우리 주의 원대한 계획을 알게 되었다. 지금의 기록은 그때로부터 시작……」

중요한 대목에서 잘려 나갔다. 아마도 이 뒤 내용은 여태껏 발굴되지 않았거나 엘슬란드의 비밀 창고에 봉인되어 있을 일이었다.

그런데 바로 그때였다.

[성 카시안의 기록물을 읽어 내고 있는 중입니다.]

시스템에서 기이한 반응을 보이기 시작했다. 손아귀에 들려 있던 종이 쪼가리는 점점 힘을 잃고 투명해져 갔다.

이내 그것이 완전히 자취를 감추며 증발했을 때, 탐험자를 담당하고 있는 영역이며 시스템을 주관하는 특전 영역까지 한 번에 용솟음쳤다.

우우웅―

내부에서 심상치 않은 일이 일어나고 있건만 그리 위협적인 반응은 아니라 생각됐다.

[10%…… 20%…… 30%…… 40%…… 50%…….]

시야 중심에선 진행 정도가 조금씩 채워져 나갔다.
그리고 그것이 100퍼센트에 이른 순간.

[본 기록물에 깃든 성 카시안의 강렬한 기억을 읽어내는 데 성공 했습니다.]

[올드 원의 진 엔딩이 30% 담겨 있습니다.]
[* 올드 원의 굿 엔딩, 진 엔딩, 베드 엔딩 중 일부분입니다.]

*　　*　　*

즉, 이건 올드 원이 기대할 수 있는 현실적인 결말이었다.

[올드 원의 진 엔딩

정보 완성도: 30%

확보한 키워드: 나선후의 죽음. 둠 카오스의 도주.

세계수 (정화 장치).]

놈의 원대한 계획이 의도대로 진행될 경우 나는 희생되고 둠 카오스는 도망친다.

제 뼈를 깎으면서까지 이루려는 대업의 끝이 거기에 그쳐 있다고 비웃기에는 놈의 계획을 완전히 읽어 낸 게 아니었다.

한편 세계수라 명명된 장치는 성채에 만들어 둔 장치와 흡사해 보인다.

애초에 정화 장치에 투입된 설계는 모두 올드 원에게서 나온 것이었다. 그러니 새삼스럽지는 않았다.

내 죽음이 명시된 문구를 보고 느꼈던 더러움은 잠깐이었다.

애초부터 놈은 이런 새끼였으니까.

더 그레이트 그린이 놈에게 거역하고 있었던 까닭도 놈의 간악한 정체를 짐작하고 있었기 때문일 것이다.

실제로 그린은 놈의 신성을 의심하지 말라는 블랙의 충고에 대고 이렇게 대꾸한 적이 있었다.

"고매한 충성심이군. 내가 의심하는 건 하나다,
카사일라. 우리가 속고 있는 게 아닌지."

어쩌면 더 그레이트 골드, 성 카시안 또한⋯⋯.
올드 원 놈에게서 등을 돌렸을 거라는 심증이 굳혀지고
있었다.
그렇지 않고서야 이런 기록물들을 왜 남겼겠는가. 제 주
인의 계획을 다 까발리는 것밖에 되지 않는데!
정말로 성 카시안이 올드 원에게서 등을 돌렸다면 동맹
을 생각해 볼 수 있었다.
놈이 올드 원에게 대적하고 있다는 즐거운 가정하에선
대부분의 모순들이 해결되었기 때문에, 한 번쯤은 놈과 얼
굴을 맞대고 동맹을 얘기할 필요가 있는 것이었다.
상념을 깨고 나왔을 때였다.

군인들도 슬슬 인내심이 한계까지 달한 듯 보였다. 기자
들의 빠르고 요란스러운 말투는 분위기만 안 좋게 만들고
있었다.
초조하기로는 군인들도 마찬가지였다.
그들의 신경질적인 지시가 시작되던 그때.

[조나단 헌터가 힘의 어금니(오크 정예 부족)를 물리쳤습니다.]

[처치 수: 2933
합산 경험치: 273,916,100
변동 레벨: LV.576 → LV.580]

스르르.

결계가 찰나에 사라졌다.

한 명도 빠짐없이, 자리한 모든 이의 고개가 그쪽으로 쏠렸다.

그쪽으론 인류의 기술로 공들여 만든 아지트의 무엇도 남아 있는 게 없었다.

누구는 시선을 돌려 버렸다. 또 누구는 헛구역질을 참지 못했다.

악취는 시작에 불과했다. 그러며 드러난 광경은 평화에 찌든 민간인들로선 감당하기 힘든 것이었다.

일만이 넘는 오크 종들이 좁은 거기에서 꾸준히 죽어 왔었지 않은가.

조나단은 그가 죽인 오크 종들의 시체를 발아래에 산처럼 깔면서 나타났다.

사실상 그의 아래에 깔린 것들은 살점과 내장 덩어리들이 녹아 만들어진 어느 거대한 유기 화합물쯤으로 지칭되는 게 맞았다.

그중에서도 아직 녹지 않은 것들이 보였다. 오크들의 팔다리가 듬성듬성 튀어나와 있었는데, 초열의 이글거림대로 흐느적거리면서 마치 지금도 살아 있는 듯한 움직임을 보였다.

화르륵.

조나단의 한 손에 걸려 있던 수급도 그때 한 줌의 불길 속으로 사라졌다.

됐다. 습격은 이것으로 멈춘 것이었다. 습격의 형태가 부족에서 연맹, 연맹에서 군단 단위로 확장될까 우려해 왔던 것도 끝.

조나단이 첫걸음을 옮겼다. 그는 민간인들은 물론이거니와 보통의 각성자들도 육안으로는 쫓지 못할 속도로 움직였다.

그가 멈춰선 곳은 한 취재진 앞으로, 피비린내를 몰고 온 강풍은 한 박자 늦게 일대를 휩쓸었다.

쉐아아악—!

많은 취재진들이 카메라를 손에서 놓쳤다.

하지만 조나단을 바로 마주하고 있는 취재진들의 카메라

는 온전했다. 조나단이 손수 그들의 카메라를 붙잡아 줬기 때문이었다.

조나단이 그들에게 명령하듯 말했다.

"찍어라."

조나단의 표정은 내가 보기에도 무시무시했다.

"오늘 인류는 또다시 승리를 거머쥐었다. 이제 적들은 함부로 도전하지 못할 것이다."

과연, 민간인들은 바로 앞에서 터지는 제왕의 목소리를 감당하지 못했다.

그나마 일차 방어벽을 담당하고 있던 각성자들이 몰려들면서 조나단에게서 번져 나왔던 공포스러운 분위기는 조금씩 희석되는 듯했다.

각성자들이 조나단의 지시대로 취재진들의 촬영을 돕기 시작했다.

그때까지도 조나단은 내가 인근에서 그를 바라보고 있다는 사실을 알아차리지 못했다.

기척을 드러냈다. 그제야 그가 나를 특정해 오기 시작했다.

조나단은 황무지를 가로질러 금세 여기까지 도달했다. 감각망을 끌어올리지 않고서는 통제 구역을 볼 수 없는 거리.

한 산의 봉우리였다.

[*보관함]
[본토의 생수병이 제거 되었습니다.]

악수 대신이었다.

조나단이 거침없이 물을 들이켜고는 부쩍 밝아진 눈으로
말했다.

"많은 도움을 받았군."

그는 내가 곧 시스템임을 확신하고 있었다.

*   *   *

우리는 자리를 옮겼다.

시작의 날 전에 조나단이 사용하던 별장 중 하나로 당시
의 흔적이 고스란히 남아 있었다.

방치된 방검복과 방검 헬멧은 아직도 그의 땀 냄새로 찌
들어 있었다. 그때 나는 벽면에 걸려 있는 액자를 보고 모
처럼 만에 웃을 수 있었다.

거기에 담겨 있는 건 오래전에 그에게 줬던 일러스트였
다.

어떤 심정으로 둠 카소를 그렸었는지, 지금도 생생히 기억한다.

둠 카소를 두려워했었다.

시작의 날부터 멸망으로 치닫는 본토를 두려워했었다.

최상위 생존 시설이라 해 봐야, 지금의 싸구려 모텔보다도 못한 그곳에서 간신히 목숨만 이어 가야 했던 어머니의 삶을 두려워했었다.

꽤 오랫동안 회상에 젖어 있었던 것 같다. 그게 아니라면 조나단은 빠르게 핏물만 지우고 나온 것이었다.

그가 머리에 묻은 물기를 털면서 건너편 방에 들어갔다 나왔다.

"마침 있군."

그가 위스키 두 병과 잔 두 개를 내려놓으며 물었다.

"돌아가지 않아도 괜찮겠어?"

이번이 세 번째였다. 이동하기 전에 한 번, 도착해서 한 번, 그리고 지금.

그때 초인종 소리가 울렸다.

가까워지고 있던 인형(人形)은 현관문 앞에 멈춰 선 채로 위축되어 있었다. 별장 관리원인 것 같았다. 불안전한 호흡 소리부터가 그가 얼마나 긴장하고 있는지 들려주고 있었다.

조나단은 그를 되돌려 보낸 후에서야 비로소 내 앞자리로 엉덩이를 붙였다.

나는 왜 지금 여유가 있는지부터 들려주었다.

오크 종들의 대규모 이주가 북방 한랭 지대를 향해 진행 중이며, 그 이주가 끝나는 때를 기다리고 있다고.

그런 후에 끌어올린 감각은 또다시 두통으로 번지기 시작했다.

찌릿—!

창밖의 천공.

거기에서 둠 카오스의 시선은 여전히 존재하지 않았다.

빌어먹을 염탐꾼은 없는 것이었다.

더 그레이트 블랙을 처치하고 더 그레이트 실버를 손에 얻은 이후부터 시스템 관리자의 힘을 얻게 된 경위를 거쳐 지금에 이르기까지를 들려주었다.

세 개의 키워드를 확보해 낸 올드 원의 진 엔딩, 내 죽음까지.

조나단의 눈빛이 돌변했다.

비정한 눈길이 스쳤다. 그의 온 근육은 딱딱한 힘으로 가득 찼다.

"죽어야 할 놈은 올드 원, 그놈이다."

막 습격을 방어하고 나왔을 때와 같이 살기가 등등해진

그는 분한 음성을 터트렸다. 이를 갈면서 나온 무거운 어투였다.

"분할 것 없다. 어디까지나 놈 혼자만의 계획일 뿐이니까."

나는 그의 잔에 위스키를 따라 주었다. 나도 한잔 마셨다.

오랜만에 들어온 알콜의 열기는 식도를 뚜렷하게 훑고 내려갔다.

"그래서 썬. 시스템 관리자의 힘을 올드 원이 줬다고 생각하나? 너는 시스템 관리자로 명명했지만 사실상 그것은……."

"그래, 신성(神性)의 영역이지. 지금부터 들려주는 것도 그것에 관한 거다."

계속 말했다.

"네가 습격을 방어하고 있는 내내, 나는 생각하고 또 생각했다. 결국엔 세 가지 심증으로 좁혀지더군. 그리고 나자 올드 원이 범한 실수들이 눈에 들어왔지."

조나단의 중심이 내 쪽으로 기울었다. 그는 입을 일자로 다물고 들고 있던 잔도 내려놓았다.

"하나는 올드 원이 나를 둠 카오스 진영에 심어 뒀다는 것이다. 사전에 나와 어떤 밀약도 없이, 놈 혼자서 쥐어짜낸 계획이었다.

그것이 놈이 범한 첫 번째 실수다. 나와 밀약된 상황에서 진행되고 있었다면 나는 정말로 진지하게 고려해 봤을 테니까.

종국에 놈의 휘하로 복속되는 한이 있더라도, 본토와 내 사람들의 안전을 보장하고 이 전쟁에 종지부를 찍을 수 있는 길을 보여 줬다면…….

나는 그쯤에서 만족했을 것이다. 아마도."

그때 보인 조나단의 시선은 꽤 고통스러웠다. 칠흑의 계단에서 무릎 꿇은 나를 바라보았던 조슈아도 그때 이런 시선이었지.

"또 하나는 성 카시안의 변절이다. 올드 원의 두 번째 실수다. 제 심복을 다스리지 못한 것. 올드 원의 계획은 제 심복에 의해 세상에 노출되었다.

그래서 이계 종들 전부가 내가 도래할 거라는 걸 알고 있었지.

그럼에도 불구하고 올드 원은 되돌리기엔 너무 늦었다고 생각했는지, 혹은 감당할 수 있다 자신했었던지 그대로 강행하였다.

한데 이계 종들이 다 아는 사실을 둠 카오스라고 모를까?

둠 카오스는 내가 제 진영을 좀 파먹을 바이러스라는 걸 알면서도 영입하였다. 올드 원도 물론 그걸 알고 있었을 테지만⋯⋯."

찌릿.

알콜을 삼켜 넘겼다. 두통에 아주 효과가 없는 건 아니었다.

"그로써 둘의 눈치 싸움이 시작되었을 것이다. 둠 카오스는 나를 한도 끝까지 이용한 다음에 버릴 순간을 계산해 왔을 것이며, 올드 원 또한 둠 카오스가 나를 쉽게 버리지 못할 거라 계산을 마쳤을 것이다.

하지만 올드 원의 가장 큰 실수는 거기에서부터 비롯되었다고 볼 수 있다."

조나단은 용케 반문하지 않고 있었다. 그는 내 말이 다 끝나길 기다리는 중이었다.

"일단 내게 들어온 시스템 관리자의 힘부터 확실히 짚고 넘어가지. 현재 나와 올드 원의 차이는 단지 힘의 크기에서 오는 것일 뿐이다.

시스템 관리자의 고유 권한, 그러니까 신성의 영역에 품어진 가능성만큼은 무한하다."

조나단은 마저 이어 보라는 식으로 신중한 눈빛을 보냈다.

"하지만 올드 원이 내게 남기려 했던 것은 이런 무한한 가능성이 아니었을 것이다. 둠 카오스와 올드 원 두 놈이 충돌했을 때, 둠 카오스가 모종의 개입을 한 것이 아닐까 한다.

아마도 올드 원이 남기려 했던 것은 이와 비슷하면서도 속박이 걸린 '무언가'였을 테지. 본인이 통제할 수 있도록 말이다.

그러나 이 힘은 무한하다. 어떤 통제도 가해지지 않았다.

힘을 확보하면 확보할수록 나는 올드 원에 가까워지는 것이지. 올드 원은 이런 무한한 가능성을 내게 빼앗기고 말았다.

이것이야말로, 올드 원이 범한 최고의 실수다."

설명은 다 끝났다.

굳게 닫혀 있기만 하던 조나단의 입술이 그제야 열리기 시작했다.

"한 가지 가정에 의존해 있다는 걸 모르지 않겠지?"

"물론."

"성 카시안이 변절한 게 아니라면. 혹 성 카시안의 변절까지 계산된 일이라면 어떤 가정도 위험하다, 썬. 올드 원이 머물고 있는 영역은 우리의 지성으로 이해할 수 없는 영역 아닌가."

"나는 둠 카오스를 바로 앞에서 봤었다. 그놈은 유일한 신성이 되겠다는 야욕밖에 남지 않은 존재였다.

그런 놈에게 밀리고 있던 게 올드 원이다. 내가 겪은 그것들은 전지전능한 최고 지성의 절대자가 아니었다. 치졸하며 사악하고 이기심으로 가득 찬 것들이었지."

조나단이 이어 반문하려고 했지만 내 쪽이 한 박자 더 빨랐다.

반쯤 열리고 있던 조나단의 입술은 그때 닫혔다.

"봐라. 남아 있는 것이라곤 신성에 도달한 힘과 야욕뿐인 것들이다.

둠 카오스는 제 수하들을 받아들일 때 속박부터 가해 놓는다. 올드 원도 제 창조물에게 동일한 속박부터 가해 놓지. 그뿐이냐. 창조물에도 급을 나누어 엘슬란드만 편애하는 놈이다."

위스키를 한 잔 더 마시며 두통을 달랬다.

"그런 모든 정황을 떠나. 무한한 가능성을 적에게 나눠줄 수 있을 존재는 전 우주 어디에도 없다. 최고의 지성, 최고의 선한 신성일지라도 그럴 순 없지."

"그래도 있다면?"

그때 조나단은 반문하는 게 아니었다.

승복할 테냐?

조나단의 눈빛은 그리 묻고 있었다. 그는 나만큼이나 열의로 불타고 있었다.

"올드 원과 둠 카오스를 죽이고 내가 하나뿐인 신성(神

聖)이 되는 것이야말로. 이 전쟁을 끝내는 유일한 길이다.

올드 원이 내게 빼앗긴 게 바로 그런 가능성인 것이지. 어떤 통제 수단도 걸려 있지 않은 무한한 가능성 말이다."

놈의 원대한 계획은 내게 이 힘이 넘어온 이후부터 어긋나고 있을 터.

조나단이 비어 있는 잔에 위스키를 따랐다. 자신의 잔에 그리고 내 잔에.

그가 말했다.

"올드 원과 둠 카오스가 공멸하도록 조장하는 것이 최선이겠다만. 만일 둘 중 하나를 먼저 죽여 놓아야 한다면 그놈부터다, 올드 원."

조나단은 나와 똑같은 결론에 도달해 있었다.

그리고 서로를 노려보다시피 쳐다보며 약간의 침묵이 흘렀다.

우리는 거의 동시에 씩 웃었다.

"싸운 건 이 몸인데, 네가 더 피곤해 보이는군."

조나단이 의자에 몸을 기댔다. 나 역시 소파에 중심을 맡기며 리모컨을 들었다.

"정신 좀 환기시켜야겠다. 빌어먹을 것들 때문에 현실 감각이 둔해지고 있어."

*　　　*　　　*

"이는 우리 모두의 승리이기도 했습니다. 성숙한 전 세계의 시민들은 무엇이 진정 우리를 위태롭게 만드는지 알고 있었던 것입니다. 또 어떻게 해야 그들의 전쟁에 일조할 수 있는지도 알고 있었습니다. 우리의 적은 외부에 있는 게 아니었습니다.

그렇습니다. 현재 우리는 격변의 시대를 살고 있습니다. 그러나 수호자(Guardian) 염마왕을 위시로, 세계 평화라는 확고한 일념으로 뭉친 세계 각성자 협회의 전 각성자들이 있기에 더는 두렵지 않습니다.

감히 저는 전 인류를 대표할 수도 없고 그럴 자격도 없습니다.

오늘도 일상을 보장받은 수십억 인류 중 한 명일 뿐입니다. 하지만 여러분들이나 저나 이 순간만큼은 다 같은 생각일 것입니다.

이 자리를 빌어 수호자 염마왕께 깊은 감사의……."

'성숙한 시민이라.'

조나단은 웃음도 나지 않았다. 이런 시국에서도 세계가 안정되어 있는 것처럼 보이는 까닭은 자본의 흐름이 진작부터 통제되어 있기 때문이었다.

무소불위의 권력을 쥔 단 하나의 정점(頂點)이 그것을 선한 목적으로 쓰고 있기 때문이었다. 인류는 축복받았다.

조나단은 텔레비전을 끄고 고개를 돌렸다.

반대편 소파 쪽으로 중심이 비스듬히 무너진 채 잠든 선후가 보였다.

신성에 도달한 자.

당장은 둠 카오스와 올드 원에 미치지 못하더라도 그 친구 역시 그것들과 같은 영역에 머물고 있는 존재라는 사실만큼은 확실했다.

그 신성의 영역에 머물고 있는 존재들을 일컬어 신이라 부른다.

그런 존재가 취기를 지우지도 않고 잠에 빠진 모습은 굉장한 모순처럼 다가왔다. 재미있게 느껴지는 것도 사실이었다.

그러나 이내 불현듯 찾아온 불길함에, 조나단의 얼굴이 급격히 어두워졌다. 잠든 그대로 영원히 깨지 않을 것만 같은 불길함이었다.

"썬."

조나단은 친구의 이름을 나지막하게 불렀다. 선후가 뒤척이면서 눈을 뜬 그제야 조나단은 안심하며 몸을 일으킬 수 있었다.

"아무것도 아니다. 깨워서 미안하군."

선후의 두 눈이 다시 감겼다.

평온하게 두 눈이 감긴 얼굴.

하지만 조나단은 선후의 그 얼굴에서 눈을 떼지 못했다.

올드 원이 계획한 썬의 죽음 때문만은 아니었다. 어떻게든 확신을 가질 걸 찾고 그것을 기반으로 밀어붙여야만 하는 선후의 불안정한 처지 때문만도 아니었다.

어떤 가정 속에서도 변함없는 사실 하나는 현재 우주 변방에서 또 하나의 신이 탄생했다는 것이다.

썬, 올드 원, 둠 카오스.

그렇게 세 신이 유일성(唯一性)을 두고 다투는 싸움에서 최후의 승자는 정말로 유일무이한 신격으로서 존재하게 될 것이다.

상상을 불허하는 아득히 먼 세계의 일…….

'반드시 이겨라, 썬.'

그러며 조나단은 지금껏 가져왔던 생각을 완전히 버리기로 마음먹었다.

고작 지구라는 작은 행성 따위가 썬의 발목을 잡고 있다는 생각을 가져왔었고, 실제로 본토가 사라진 날을 그려 보기도 했었다.

하지만 지금에도 썬에게 필요한 것은 변치 않을 집념이었다.

* * *

아침.

불청객의 기척이 감각망으로 끼어들었을 때 이미 나는 잠에서 깨 있었다. 잠시 후 현관문 앞에서 별장 관리원을 향한 조나단의 질책이 시작되었다.

"왜 시키지도 않은 일을 한 것이냐."

여긴 성 드라고린도 아닌데, 강압적인 조나단이나 이를 자연스럽게 받아들이는 별장 관리원의 태도는 뚜렷한 신분 차이를 드러내고 있었다.

별장 관리원은 그저 조나단에게 훌륭한 아침을 대접하고 싶은 생각이 다였을 것이다.

그러나 오크 종들을 처치하자마자 사라진 조나단과 오랫동안 비어 있었던 그의 별장에서 주문된 아침 식사.

그 두 가지 팩트는 조나단의 행방으로 이어질 수밖에 없는 것이었다.

감히 어떤 취재진들이 허락도 없이 몰려들까 싶지만, 역시나 그때도 별장 관리원의 핸드폰에선 진동이 멈추지 않고 있었다.

조나단은 사방으로 누구도 들이지 말라는 엄포를 놓았다.

나는 그가 돌아오길 기다렸다가 말했다.

"어차피 돌아가려고 했었다."

그러나 이대로 돌아가기에는 준비된 아침 식사가 아무리 나라도 참을 수 없는 것이었다.

모처럼 만에 맡는 매운 향기였다.

이것을 언제 맛봤는지는 기억의 궁전에 담아 둘 일도 없어서 마지막으로 이것을 맛본 때가 통 생각나지 않았다.

납작하게 썰린 파, 얼큰한 향기에 깃든 마늘 냄새, 둥둥 떠어진 순두부. 입이 열린 바지락들과 빨갛게 물든 국물은 모두 뚝배기 안에 담겨 있었다.

거기에 김이 모락모락 피어오르는 공깃밥과 마른 멸치 그리고 김치까지.

단출하지만 이 이상으로 훌륭한 식상은 없을 것 같았다.

그렇지 않아도 별장에서 도심지까지는 거리가 꽤나 있어

서, 별장 관리원이 이 아침상을 공수하기 위해 들였을 노고가 눈에 선했다.

나는 바로 고여 버린 침을 삼켜 넘겼다. 그렇다. 순간 이는 흥분은 이로 말할 수 없을 정도였다.

오죽하면 더 그레이트 실버를 손에 쥐었을 때와 비교할 정도일까.

문득 조나단의 시선이 느껴져서 고개를 들었다. 황급히 표정을 바꾸는 그였으나 지금에도 그와 내가 머물고 있는 영역에는 넘지 못할 차이가 있는 것이었다.

조나단은 나를 애잔하게 바라보고 있었다.

그가 무뚝뚝하게 고친 얼굴로 트레이를 밀고 왔다.

"……상을 줘야 하는 거였군."

조나단이 말했다. 별장 관리원을 두고 말하는 거였다. 그는 트레이를 마저 식탁까지 옮긴 다음에 현관 밖으로 나갔다.

"잠깐. 그래도 선택만큼은 탁월하더구나. 자네 이름이 뭔가? 기억해 두지."

"에반스입니다. 수호자님."

조나단이 별장 관리원을 격려하는 사이, 나는 트레이에

올려져 있던 식상을 식탁으로 옮겨 놓고 그를 기다렸다.

조나단이 서울에 머물었던 옛날, 그나마 그의 입맛에 맞았던 것이 이 순두부찌개였다.

"뭘 기다리고 있어. 어차피 하나뿐인데. 사양 말고 먹어."

조나단이 돌아와 말했다.

"꾸준히 즐겨 찾았던 모양이야?"

내가 물었다.

"그랬었지. 훈련이 격해지고 나면 그거부터 주문했으니까. 관리원이 그걸 기억하고 있었던 것 같다. 새삼 기특한 녀석이군."

나는 즐거움을 만끽할 준비가 끝나 있었다.

시스템 관리자의 영역을 조작하듯 조심스럽게, 뻘건 국물과 순두부를 함께 뜬 그 위로 바지락 살을 올렸다.

국물에 배어든 양념장은 식용유 3, 고추기름 1, 참기름 1의 비율로 다진 소고기를 함께 볶은 이후에 마늘 3과 생강 1의 비율을 추가시키고 마지막 과정에서 간장 6과 소금 2의 비율, 그리고 고춧가루와 후추가 첨가되어 만들어진 것 같았다.

혀 위에서 날뛰는 하나하나의 감각이 심금을 울리기 시작했다.

날 유심히 보고 있던 조나단이 한마디 던졌다.

"어떤 세계적인 셰프도 네 앞에선 절대 꼼짝 못 할 거다, 썬."

그러며 그는 이 상황을 마냥 재미있게 포장하고 싶었는지 대놓고 웃어 보였다.

순두부찌개는 훌륭했다.

애증의 모국, 한국식대로 만들어진 것이었다. 국물을 맛본 다음에 반 공기만 퍼서 말아 넣자, 조나단은 내게 그 취향이 여전하다면서 또 미소를 지었다.

"옛날에도 궁금했었지. 왜 반 공기는 따로 남기는 거냐?"

"다 넣으면 국물이 졸아드니까."

"끔찍한 얘기로군. 입맛에는 맞나?"

"훌륭해. 미국인에게서 나올 수 있는 솜씨가 아닌데?"

"인근에 한인 공동체가 있을 거다."

칠마제니 둠 카오스니 하는 것들은 잠깐 집어치우고, 우리는 지극히 평범한 대화를 깨트리지 않기 위해 노력했다.

그건 순두부찌개만큼이나 즐거운 시간이었다. 슬슬 그 시간도 끝나 가고 있었다.

숟가락으로 공기에 붙은 쌀알들을 긁어모으고 있을 때였다.

"나는 한국인들에게 가장 큰 모욕을 선사하는 법을 알고 있지. 너는 아니라고 할 수도 있겠지만 대부분의 한국인들은 동의할 거다."

그가 만들고자 하는 분위기에 맞춰 주기로 했다.

"뭔데?"

그렇게 되묻자, 조나단은 맞혀 보라는 식으로 어깨를 으쓱해 보였다.

내가 말했다.

"가족을 욕하는 것 아니냐? 특히 부모님을."

"틀렸어."

"그럼 뭔데?"

"보통의 한국인들이 어떤 교육을 받고 자라는지 생각해 봐라. 힌트는 여기까지."

그러면서 조나단은 빈 공기를 턱짓으로 가리켜 보였다. 그래도 답을 생각해 낼 수 없어서 대체 부모 욕 이상의 모욕이 존재할 수 있냐고 되물었다.

조나단은 웃기만 할 뿐 해답을 알려 줄 생각이 없어 보였다.

"끝까지 안 알려 줄 거냐?"

"나는 신성의 영역에 머물고 있는 존재도 모르는 것을 알고 있는 거로군. 후후."

조나단에게 고마웠다.

순두부찌개는 그가 의도하는 것이 아니었지만, 적어도 지금의 이 평범한 분위기만큼은 그가 노력해 만들어 낸 결과물이었기 때문이었다.

누군가에게는 평범한 식사. 누군가에게는 흔해 빠진 농담.

그러나 지금 내게 필요한 것은 정말로 이런 것이었다. 내가 무엇을 지키고 싶어 하는지, 무엇을 이루고 싶어 하는지 새삼 깨닫게 만든다.

둠 카오스가 야욕밖에 남지 않은 존재가 되어 버린 까닭은 이런 친우를 곁에 두지 못했기 때문일 것이다. 힘을 취하는 과정에서도 힘을 차지한 이후에도 내 자신을 망각해선 안 된다.

"다 먹었으면 그만 일어나지 그래? 이것도 챙겨 가고."

그러면서 내밀어 보인 조나단의 손바닥 위로 공간이 일렁였다.

정확히는 그의 아공간에서 시작돼 거기로 이어지는 흐름.

조나단이 소환된 그것을 튕겨 보냈다.

[더 그레이트 레드의 심장 반 쪽 (아이템)]

아직도 부족한 권능 수치와는 별개로 새롭게 느껴지는
게 있었다.

*　　　*　　　*

**「수호자 염마왕이 전투를 끝내자마자 노스캐롤
라이나로 이동한 까닭은? Korean Food, soft tofu
stew— sundubu jjigae.**

조나단 헌터의 텍사스 저택에 습격 현상이 발생하
면서 비상이 걸렸다. 장장 36시간 이상 지속된 현상
을 두고 많은 이들이 심각한 우려를 표했다.

그러나 그는 세간의 우려를 불식시키고 "오늘 인
류는 또다시 승리를 거머쥐었다. 이제 적들은 함부
로 도전하지 못할 것이다."라며 수호자로서의 건재
한 모습과 자신감을 드러냈다.

실제로 조나단 헌터의 입지적인 능력은 자리한 취
재진들의 카메라 무엇으로도 담기 힘든 것이었다.

이를 두고 이태한 세계 각성자 협회장 또한 "일만
이상의 초자연적인 정규군으로 구성된 습격에도 불
구하고 단독으로 이를 무찌른 사실은 우리 전 인류

에게 대단히 고무적인 일일 수밖에 없다."라고 성명을 내놓았다.

이후 조나단 헌터의 묘연해진 행방을 두고 새로운 방어 구조물로 이동했을 거라는 의견이 주를 이뤘지만, 그의 행적은 그가 소유한 노스캐롤라이나의 한 별장에서 밝혀졌다.

그러나 그간 조나단 헌터가 습격을 대비한 방어 구조물에서 거주해 왔었던 이력에 비추어 보면 그가 노스캐롤라이나의 별장으로 이동한 것은 의외의 행보였다.

금번의 습격으로 파괴된 방어 구조물 외에도 준공 중이거나 준공이 끝난 방어 구조물은 알려진 곳만 무려 24곳에 달한다.

하지만 노스캐롤라이나의 별장은 방어 구조물로 보완된 곳이 아니며, 세계 각성자 협회와 조나단 투자 금융 그룹 그리고 워싱턴 DC와도 빠른 공조를 이루기에는 어려운 위치에 있었다.

◇ 그렇다면 무슨 까닭으로 전투를 끝내자마자 노스캐롤라이나의 별장으로 이동한 것일까?

본 지는 별장 관리원 에반스(51)의 행적으로부터 그 의문을 해결할 수 있었다.

조나단 헌터의 행적이 묘연해졌던 시각, 그의 별장 관리원인 에반스는 노스캐롤라이나 핏츠보로에서 모습을 드러냈다. 한인 마트를 운영하는 Kim eun—sil 에게 한국 요리인 'soft tofu stew—sundubu jjigae'를 주문하였고 이는 조나단 헌터에게 제공하기 위해서였다.

Kim은 본지와의 인터뷰에서 "상냥한 에반스가 수호자의 별장 관리원인 것은 알고 있었어요. 하지만 저는 단지 에반스가 한국 요리를 좋아하는 줄로만 알았거든요. 정말이지 무척 떨리고 영광스러운 일이네요. 정말로 수호자께서 제 요리를 드셔 왔단 말이에요?"라고 답했다.

조나단 헌터는 그의 저서 [Nothing Venture Nothing Have], 러시아의 수호기사들 편에서 서울에 머물 당시를 회고하며 'Korean soft tofu stew—sundubu jjigae'를 즐겨 먹었다고 밝힌 바 있다. 그 점을 상기하면 그 요리는 조나단 헌터를 위한 것이었다.

별장 관리원 에반스는 이후 한 차례 더 KIM을 찾아 동일한 요리를 주문했다.

◇ 조나단 헌터가 전투를 끝마치자마자 찾은 요리. 두 번이나 주문할 정도로 애착을 보인 요리. Korean soft tofu stew— sundubu jjigae 는 어떤 요리인가?

······ < 하략>」

Chapter 3.

흉갑을 찾고서 떠나왔던 자리로 복귀했다.

내가 없던 사이에도 각성자들은 그린우드 사방의 왕국으로 진격하고 있었다.

그때 전해져 온 힘만으로도 느낄 수 있었다. 그것들이 얼마나 경쟁적일지는 두 눈에 선한 일이었다.

[전송 되지 못한 1,172,138,391의 경험치가 있습니다.]

[시스템 관리자(오딘)은 11억 7213만 8391의 경험치

를 분배 받았습니다.]

[레벨 업 하였습니다.]

[레벨 : 654 (0.00%)]

안에서 쾅 하고 폭발하듯, 대번에 확장된 내부 세계의 움직임. 시야까지도 잠깐 흔들리는 듯한 즐거운 경험을 맛보았다.

한편 돌아와 둘러본 전방은 달라진 게 없는 그대로였다.

버려진 오크 부족의 거주지는 물론이거니와 사악한 노예가 터져 죽으며 남겼던 살점들에서 부패가 진행되고 있는 것뿐.

[궁극(窮極)의 영역으로 진입 하였습니다.]

둠 카오스와 올드 원의 기운이 절묘하게 대치 중인 천공 쪽의 움직임도 하등 달라진 게 없는 것이었다. 그때 카시안의 시선이 내가 복귀하길 기다렸다는 듯이 곧장 나타났다.

성 카시안의 변절을 확신하게 된 이래로 내내 궁금했던 게 있는데, 바로 저 시선이 어디에서 오냐는 것이다.

하지만 시선만으론 놈이 머물고 있는 차원을 추정할 수 없다.

최선은 놈 쪽에서 먼저 내게 접촉해 오는 것이지만 놈 또한 다른 것들의 시선을 의식하며 신중을 기하는 중일지도 모른다.

곧, 관음증이 도진 변태 성도착자들의 시선이 서서히 나타났다.

둠 아루쿠다가 첫 번째 그 뒤로 둠 카오스와 올드 원의 순서.

그런데 저것들의 시선을 차단하는 방법이 아주 없는 것은 아니다.

[오딘의 황금 갑옷 (아이템)]

갑옷을 사용하여 만들어 내는 절대 전장 안에서는 저것들이 결계를 부수고 들어오지 않는 이상 보안이 보장되었다.

독립된 시공간.

그것이 황금 갑옷에 깃든 절대 전장의 진정한 정체다.

설정된 공간 안의 지형지물을 고스란히 복사해서 창조해 낸다는 것 자체만으로도 신성의 영역에 포함되는 부분이라 할 수 있는 것이다.

비록 거리 제한이 있고, 일정 시간이 지나면 원상태로 복귀되는 제약이 걸려 있을지라도 그것만은 부정할 수 없는 사실.

물론 올드 원이 용케 이런 것을 남겼기 때문에 지금까지 많은 이득을 볼 수 있었던 것 역시 사실이나 이제는 쓸모없게 되었다.

원상태로 복귀된다는 제약, 그러니까 투입된 에너지를 회수한다는 제약을 걸어 둔다면 지금의 내 능력만으로도 얼마든지 가능하기 때문이다.

맞다.

오딘의 황금 갑옷은 오늘로써 사라진다. 언제든지 필요에 따라 즉각 만들어 낼 수 있는 것을 구태여 지참하고 다닐 필요는 없는 것이다.

추출하기 전에 먼저 끝내 둬야 할 작업이 있었다.

[아이템 '오딘의 황금 갑옷'에서 설계도 '스킬(SS) — 4'를 발견했습니다.]

[오딘의 절대 전장 (설계도)
코드: 스킬(SS) — 4
출처: 시스템 관리자(오딘)]

[이미 존재하는 설계도입니다.]

[아이템 '오딘의 황금 갑옷'에서 설계도 '스킬(S) —
20'을 발견 했습니다.]

[~~발키리 소환 (설계도)~~
~~코드: 스킬(S) — 20~~
~~출처: 시스템 관리자(오딘)]~~

[이미 존재하는 설계도입니다.]

거기까지는 예정된 일이다. 시스템 관리자의 고유 영역
안에서 해결되는 것들은 이미 설계도화시켜 놓았었다.
　하지만 황금 갑옷에는 아직 확보하지 못한 설계도가 하
나 남아 있다.

[아이템 '오딘의 황금 갑옷'에서 설계도 '스킬(SS) —
5'을 발견했습니다.]

[오딘의 도륙 (설계도)
코드: 스킬(SS) — 5

출처: 아이템 '오딘의 황금 갑옷']

[설계도 '스킬(SS) — 5'가 추가 되었습니다.]

정말로 오딘의 황금 갑옷에 작별을 고할 시간이었다.

폭풍의 신, 죽음의 신, 전투의 신, 전쟁의 신. 네 개의 변환식마다 4대 능력치를 올려주는 스탯이 붙어 있긴 하지만 지금에 이르러서는 그 효과를 볼 수 없기도 했다.

그러니 아쉬움은 그간 가져온 약간의 애착에서 오는 게 전부였다.

추출자가 움직이기 시작했다. 그러고는 먹이를 와락 집어삼키는 거대 아가리와 같은 무형(無形)의 반응이 일었다.

갑옷이 황금빛 윤기를 상실하기까지 이것과 함께해 왔던 전투들이 뇌리를 스쳐 댔다. 더 그레이트 그린에게 암습을 가하던 당시의 광경이 마지막으로 희미해질 때.

[15억 경험치를 획득 했습니다.]

과연 황금 갑옷은 SS급 설계도를 두 개나 품고 있을 자격이 있다는 걸 증명해 냈다.

[레벨이 상승 하였습니다.]

[레벨 : 655 (0.00%)]

황금 갑옷을 추출하며 자연히 최고의 경험치를 품고 있었던 소울링과 비교가 될 수밖에 없었는데, 바로 그때였다.

내가 놓치고 있었던 사실 하나가 뇌리를 파고들었다.

아!

*　　　*　　　*

둠 아루쿠다의 영혼 수확 낫.

그리고 그것을 성 카시안이 빼앗아 정화시켜 놓은 게 소울링이었다.

거기에 깃들어 있던 경험치는 황금 갑옷의 4배쯤으로 나를 엔더 601렙의 중간 구간에서 일약 오버로드 구간으로 도약시켜 주는 기염을 토한 바 있었다.

소울 링에 깃들어 있던 둠 아루쿠다의 강력한 권능들은 당시에 흡수되지 못하고 사라졌다.

사실상 소울 링이 둠 아루쿠다의 권능을 품고 있는 그릇이라 볼 수 있는 것인데, 그간 간과하고 있었던 점은 소울

링을 이루고 있는 재료가 둠 아루쿠다의 육신 중 무엇도 아니라는 데 있었다.

나도 그랬고 엔테과스토가 그랬으며 더 그레이트 레드 또한 강력한 힘을 아이템화시키기 위해서는 우리의 육신을 재료로 사용해야 했었다.

그러나 소울 링은 둠 아루쿠다의 육신을 재료로 사용하지 않고도 그놈의 권능을 담고 있었던 것이다.

다시 말해, 수치로 환산하면 60억 경험치에 달하는 힘이 둠 아루쿠다의 권능을 붙잡아 주는 재료로 쓰였다는 것인데…….

거기까지 이른 힘이라면 권능의 영역에도 개입할 수 있다는 방증이기도 한 것이었다.

물론 엔테과스토와 더 그레이트 레드의 경우 그러한 그릇을 만들어 내지 못한 것이 힘이 모자라기 때문은 아니었다.

그 두 놈은 신성의 영역. 즉, 창조를 하지 못하기 때문이었다.

소울 링과 같은 그릇을 만들어 낼 능력이 없는 것이었고 기존에 존재하는 어떤 물질에서도 그것들의 힘을 담아낼 수 있는 것을 찾아낼 수 없었기 때문에 어쩔 수 없이 육신 중 일부로 대신할 수밖에 없었던 것이다.

소울 링이란 그릇을 둠 카오스가 만들어 줬든 아니든 그건 지금 중요한 문제가 아니다.

중요한 건!

60억 경험치에 육박하는 힘이라면 권능의 영역에 개입할 수 있음을 알게 된 것이었다.

그리고 그건 매우 중요한 깨달음이다.

쿵쿵.

심장이 느릿한 박동에서.

두두두—

빠른 박동으로 치닫기까지는 그리 오래 걸리지도 않았다.

오랫동안 막혀 있던 문제의 해답이 보였다. 원래는 황금 갑옷을 추출한 다음에 더 그레이트 레드의 심장 반쪽을 정화시킬 계획을 가지고 복귀했지만, 깨달음보다 앞설 순 없었다.

둠 카오스가 걸어 둔 속박을 제거할 방법을 찾아 꾸준히 헤매 오지 않았던가?

그래서 긴 시간 동안 내부 세계를 탐험해 왔었던 것도 이로써 마지막이 될 것 같았다.

생각대로라면, 아마도.

[스킬 '절대 전장'을 생성 하였습니다.]

……

[절대 전장을 시전 하였습니다.]

내 주위로 독립된 시공간이 만들어지기 시작했다.

일단은 둠 카오스의 시선에서 벗어날 필요가 있었다. 놈은 알면 안 되니까.

[시스템 관리자 모드에 진입합니다.]

＊　　　＊　　　＊

[* 시스템 관리자 및 사용자]

내 사람들의 정보를 담고 있는 창을 필두로 이제는 최약체 신분을 벗어난 녀석의 창까지.

십 만개가 넘는 창들이 산재하여 하나하나 푸른 빛을 은연히 품고 있었다. 밤하늘에 박힌 별들을 큼지막하게 담아보는 광경과도 비슷했다.

그것들 중에서 하나를 특정한 순간, 특정되지 않은 모든 창은 그야말로 혜성 무리처럼 쏟아지며 시야 바깥으로 사라졌다.

그러며 정면으로 확대된 창이 나타났다.

[시스템 관리자(오딘)에 접속 하였습니다.]

몰입을 통해 내부 세계로 들어가는 과정은 시스템 관리자의 힘을 얻기 전에나 사용해야 했던, 불가피한 구태(舊態)일 뿐이다.

창 속의 내용은 끊임없이 움직이는 의식에 따라 변동 중이었다.

그러다 한 시점에서 고정되었다.

[* 권능의 영역]
[둠 카오스의 속박이 걸려 있습니다.]

그때 옆으로 확장된 창에선 내부 세계로 몰입해 들어가야만 볼 수 있는 광경이 담겼다.

황금빛 기운으로 똘똘 뭉쳐 당장은 아무런 이상이 없어 보이지만 일약 확대된 순간.

거기를 옭아매고 있는 한 마리의 검은 기생충이 드러났다.

얇디얇은 주제에 권능의 영역 전체를 옭아맬 수 있을 정도로 길다.

정말로 생명이 담긴 것은 아니다. 하지만 저것이 내 권능의 영역에 속박을 걸고 있다.

지금도 그 속박에 의해 권능의 힘을 내 마음대로 다룰 수 없는 것인데, 사라지고 난 뒤에도 남겨진 흉터에 의해서 여전한 잠금장치에 걸려 버리고 마는 것이다.

둠 카오스에게서 잠깐 벗어났을 때 익히 확인했던 일이 아닌가.

저것을 잘라 낸다면 둠 카오스의 속박에서 풀려난다. 내게 씌워진 '둠'이라는 더러운 호칭도 그때 사라지는 것이며.

남겨진 흉터를 복구한다면 권능의 영역을 자유자재로 다룰 수 있게 되는 것이다.

다만 너무나 얇아서 저것을 잘라 내기란 쉬워 보이지가 않는다. 무작정 힘으로 뜯어 버렸다간 권능의 영역 전체가 손상을 입기에 충분해 보였다.

그래서 지금까지 엄두를 못 냈던 게, 저걸 잘라 내는 일이었다.

또한 어느 정도의 힘이 필요할지를 계산할 수도 없었다. 섣불리 시도했다간 피해를 입는 것 외에도 둠 카오스에게 그런 시도를 했다는 게 발각될 수 있기 때문이었다.

그래서 필요한 것이 시뮬레이션이다.

[지금의 정보로 시뮬레이션을 구성합니다.]

어디까지나 내가 인지하고 있는 선에서만 진행되기에 내 진정한 적들에게 써먹기는 어려운 방법인 건 부정할 수 없다.

하지만 내가 내 안을 다루는 일이다. 이만큼 정확할 수는 없는 법이지.

진짜를 다루고 있던 창은 옆으로 날아갔다. 그 자리로 시뮬레이션이 준비된 창이 들어오며 모든 준비가 끝났다고 할 수 있었다.

의학 현미경을 통해 신경 다발 하나하나를 잇는 의사의 심정이 이러할 것이다.

[시뮬레이션(1)을 시작합니다.]

내 작은 메스는 더 그레이트 실버가 나를 도모하기 위해 작은 칼날에 제 모든 걸 집약시켰던 것처럼, 그 작은 것에 60억의 가상 경험치가 응집되어 있었다.

그럼 집도를 시작해 볼까!

[시뮬레이션(1)이 실패하였습니다.]

　　[결과: 시스템 관리자(오딘)의 전투불능, 특성 '역경자' 발동, 시스템 관리자의 죽음, 영혼 이동 ― 라이프 베슬, 특전 '시스템 관리자'상실]

　　……

　　[시뮬레이션(3)이 실패하였습니다.]

　　[결과: 시스템 관리자(오딘)의 전투불능, 역경자 발동, 시스템 관리자의 죽음, 영혼 이동 ― 라이프 베슬]

　　……

　　[시뮬레이션(6)이 실패하였습니다.]

　　[결과: 시스템 관리자(오딘)의 전투 불능, 역경자 발동]

　　……

　　[시뮬레이션(16)이 성공 하였습니다.]

마침내 16번째 시도에서였다.

　　[결과: 둠 카오스의 속박 해제]

*　　*　　*

드디어.
드디어 해결되는구나!

[시뮬레이션(16)에서 설계도 '인장(SSS) — 2'를 발견했습니다.]

[둠 카오스의 속박 해제 (설계도)
코드: 인장(SSS) — 2
출처: 시스템 관리자 (오딘), 2018년 10월 21일 시뮬레이션(16)]

당장 이 몸을 비롯해 연희와 조슈아에게 걸린 굴레 또한 끊어 놓고 싶다는 생각에 두 주먹 쪽으로 힘이 쏠리기 시작했다.

[인장 '둠 카오스의 속박 해제'를 생성 하시겠습니까?]

하지만 그래서는 그 둘을 칠마제 진영으로 침투시켜 놓

은 의미가 없는 것이다. 아직은 때가 아니었다.

지금 바로 제3세력으로서 독립을 선언하고 전쟁을 시작할 멍청한 생각이 아니라면…….

[취소하였습니다.]

보관함에서 더 그레이트 레드의 심장 반쪽을 꺼내 들며 절대 전장을 결계뿐만 아니라 스킬 자체를 통째로 거둬들였다.

내가 무슨 짓을 꾸미고 나왔는지는 천하의 둠 카오스라도 알기 힘들 터였다. 지금까지 심장 반쪽을 두고 연구하다 나온 것처럼, 그것을 이리저리 살펴보는 시늉을 계속했다.

[더 그레이트 레드의 심장 반쪽 (아이템)]

그때도 시스템은 내 생각을 고스란히 반영해 메시지를 띄웠다.

[* 시스템 관리자의 소유물로 정화시키기에는 시스템 관리자의 권능 수치가 현저하게 낮습니다.]

[더 그레이트 실버를 장착 합니다.]

[권능 498 (+1000) / 500 (+1000)]

[시스템 관리자의 소유물로 정화 하시겠습니까? (
소비 권능 : 1000)]

물론.

[권능 498 (+0) / 500 (+1000)]

오랫동안 건드릴 수 없었던 물건이 내 손아귀에서 껍질
을 벗는다.

진정한 모습을 드러내기 시작했다.

붉은 불꽃이 타오르는 게 시작!

~~[더 그레이트 래드의 심장 반 쪽]~~

~~[성(聖) 제이둔의 부러진 검]~~

~~[둠 맨의 불완전한 홍염검(紅焰劍)]~~

그 불꽃에 휩싸인 한 물건을 두고 이름이 연거푸 수정되
었다. 이름뿐만이 아니다. 부러진 검의 형태를 띠고 있었던

것도 필요에 의해서 바뀌어져 나갔다.

[오딘의 홍염(紅焰) 방패를 획득 했습니다.]

[오딘의 홍염(紅焰) 방패 (아이템)

더 그레이트 레드의 심장 절반으로 완성된 홍염(紅焰)의 결정체입니다. 더 그레이트 레드의 권능이 깃들어 있으며, 쪼개져 나왔던 당시의 의념이 깃들어 있습니다.

아이템 등급: SSS
아이템 레벨: 670
효과 : 권능 저항력 + 45%, 정신 저항력 + 35%, 영혼 저항력 + 35%, 모든 스킬과 특성의 재사용 시간 ─ 35%, 모든 스킬과 특성의 유지 시간 + 100%, 축복 '홍염의 오러'
더 그레이트 레드의 고유 권능 '홍염의 절대자'

물리 방어력 : 100000 / 100000
마법 방어력 : 100000 / 100000

* 더 그레이트 레드의 남은 심장 반쪽과 결합 시, 완
전체로 업그레이드.]

 방패 전체의 크기는 상반신을 가릴 수 있을 정도면 충분
했다.
 바로 피어오른 홍염의 오러가 방패 전면뿐만 아니라 뒷
면에서도 꿈틀대고 있었다. 팔을 가까이 뻗었다. 그때 뒷
면에 생성된 오러는 손을 에워싸며 손잡이 역할을 자처했
다.
 그것을 들어 올렸다.
 무엇으로도 뚫을 수 없을 것만 같은 홍염의 벽이 세워졌
다.
 과연 날개로 방패를 대신했었던 것과는 홍염의 밀도가
남다르다는 게 느껴졌다.
 비록 뼈 반지를 비롯해 목걸이와 뇌신 창을 잃었지만, 이
상의 물건들이 공백을 채워 주고도 흘러넘친다.
 장착하자마자 충만해지는 느낌이 실로 새롭다 생각될 정
도였다. 더 그레이트 실버까지 꺼냈다. 한 손에는 그것을
한 손에는 방패를 쥐었을 때.
 향상된 온갖 능력들 중 하나가 시선을 사로잡았다.

[권능 저항력: 100%]

이쯤이면 더 그레이트 레드도 나를 피해 다닐 수밖에 없
을 터.

하지만 이따위에서 만족할 순 없었다. 놈이 남긴 최후의
의념을 쫓아 놈의 둥지를 찾아내는 건, 힘을 좀 더 확보한
다음이다.

발걸음을 옮겼다.

＊　　　＊　　　＊

오크 종들이 이주를 보다 서두를 수 있도록 또 한 번의
전투를 가진 다음이었다.

성채로 돌아왔다.

"오딘을 뵙습니다."

숭배자들은 침전을 잘 지키고 있었다. 숭배자들의 목소
리가 엄숙하게 복도를 채워 나갈 무렵에서야, 김지훈이 황
급히 일어났다.

녀석은 문 앞에 아예 양반 자세로 엉덩이를 깔고 앉아 있
었다. 꽤 숙면을 취했는지 녀석의 얼굴에는 약간의 열기
가 올라와 있었다.

녀석의 눈동자가 다양한 변명들을 찾아 흔들리기 시작했다.

"지루한가?"

"그럴 리가 있겠습니까. 오딘이시여. 언제고 영광입니다."

침 자국이 선명한 얼굴로 잘도 대답했다. 하지만 밉상이진 않았다.

모든 각성자들이 경쟁적으로 성장하고 있는 지금, 겉으로 불만을 드러내지 않고 있다는 것만으로도 기특한 일이다.

그러나 누군가는 침전을 지켜야 했고 그 누군가는 사리사욕을 꾀하지 않을 자여야 했다. 숭배자들만큼 그 일을 성실히 해낼 자들은 없었던 것이다.

그러니 이것들에게 보상은 당연하리라.

고민은 끝나 있었고 이후의 여파도 계산되어져 있었다.

[김지훈 외 99명의 사용자가 히든 퀘스트 '침전 방비'를 완료 하였습니다.]

[김지훈의 레벨이 상승 하였습니다.]

……

전송되어져 오는 경험치를 일부분 투입해서 만든 퀘스트였다.

순간 모든 소리가 멎었다.

김지훈을 비롯해 복도를 따라 나열해 있던 100인의 숭배자들은 눈을 부릅뜬 채로 허공을 응시하기 시작했다.

구원자의 도시민들 중에서도 100인의 강자들로 추슬러진 녀석들.

그 정도쯤 되면 머리가 안 돌아가는 멍청이는 없는 것이었다. 하물며 김지훈은 원래의 눈치에 더불어, 이태한과 성일의 치하에서 뇌리가 더욱 단련될 수밖에 없던 녀석이었다.

멎었던 소리는 김지훈의 눈깔에서 제일 먼저 시작됐다. 정말로 녀석의 눈깔에서 횤횤 굴러다니는 소리가 나는 것 같았다.

녀석이 아무 말도 뱉지 말라는 따가운 눈총을 주위로 뿌려 댔다. 그러고는 나를 향해 잔뜩 고양된 두 눈을 반짝거렸다.

녀석은 소리 없이 입술로만 말했다.

진즉부터 그러했습니다. 제 영혼은 주인님의 것입니다, 오딘이시여.

아첨에 있어서도 수준급인 녀석. 하지만 지금만큼은 거짓이 없어 보였다.

멸망을 코앞에 둔 본 시대 말기, 완성된 S급이었던 일선(一善)조차도 시스템을 끝까지 광신했었다. 시스템을 신이라 부르며 그들만의 성경까지도 만들지 않았던가.

나도 시스템이 신성을 품은 존재라는 것을 인정하고 있었다.

하지만 그것처럼 악(惡)한 것이 따로 없어서 당시에 할 수 있는 것이라곤 인정한 바를 끊임없이 부정하는 것뿐이었다.

하물며 구원자의 도시민들에게는 내가 어떻게 비칠까.

내가 시스템이기 전에도 나를 숭배하던 것들이었는데?

열광을 담은 시선들.

그들의 두 눈은 일선과 일선 휘하의 네임드들이 퀘스트를 완료할 때마다 가졌던 의식에서 보인 것보다 더한 광신으로 부풀어 있었다.

그래서 복도 전체는 그들의 광신적 호흡으로 물들어 갔다.

후욱. 후욱. 후욱—

스스로를 주체 못 하는 거친 호흡들이었다.

이것들을 인정하기로 마음먹었을 때부터 예정된 일.

나는 김지훈에게 말했다.

"전리품은 어디로 수거되고 있지?"

*　　　*　　　*

못 본 사이에 성채에는 용병 외에도 민간인들이 꽤 들어
와 있었다.

"오딘을 뵙습니다."

"오딘을 뵙습니다."

각성자들이 무릎을 꿇어 대는 뒤편으로 그들도 자세를
낮추고 있었다.

현대의 사고로 곧장 무릎을 꿇기란 쉽지 않은 일인데, 철
저한 사전 교육이 있었던 모양이다. 물론 그중에 호기심을
이기지 못하고 고개를 드는 자가 아주 없는 건 아니었다.

그나마 그들에게 다행스러운 점은 적어도 카메라나 녹음
기 같은 본토의 물건이 작동하는 소리가 포착되지 않았다
는 데 있었다.

그때.

퍼억! 퍽퍽!

몇 발자국 앞서 나가고 있던 김지훈을 필두로 내 숭배자
들이 고개를 들려는 몇몇 민간인들을 밀어 찼다.

짜악!

김지훈은 관리자 격으로 보이는 또 다른 각성자에게 성큼성큼 걸어가 멱살을 잡아 세우고 수차례 **뺨**을 갈겼다.

"씨발, 뒈질래? 잡것들 교육을 어떻게 시켰기에 이 모양이지? 어디까지 날 망신 줄 테냐."

그렇게 김지훈이 관리자의 귀에 대고 속삭일 때에도 몇 번의 억 소리가 연달아 일어났다.

사령부에서 민간의 엔지니어들을 성채로 받아들인 까닭은 들여온 장비 때문이었다.

이후 안뜰로 나오자 제일 먼저 보이는 건 태양열 집열기에서 이어진 축전 시설들이었다.

한쪽 시설에서는 군용 트럭을 조립하는 공정이 잠깐 중단된 상태였고, 온갖 시설들 사이사이로 작업 중이었던 민간의 엔지니어들이 그 자리에서 무릎을 꿇고 있는 게 보였다.

나보다 앞서 나왔던 숭배자들이 내가 지나갈 길을 만들고 있었다.

몇 개의 시설을 지나친 후였다.

그 시각에도 외부에서 탈것에 짐을 싣고 오는 각성자들이 있었다.

군용 트럭들이 오프로드용 타이어를 끼고도 달릴 수 없는 곳에선 각성자들이 직접 옮기는 것 같았다. 한편 대형 창고 앞쪽에서 진행되고 있던 군용 트럭에서 전리품을 옮기는 작업도 내 등장과 함께 멈춰 있었다.

"오딘을 뵙습니다."

"오딘을 뵙습니다."

각성자, 용병, 민간의 엔지니어로 따로 구분 지을 필요가 없었다.

본토의 법도가 아닌 여기만의 법도에 의해서, 나는 이미 모두의 제왕이다.

그때 김지훈이 종종걸음으로 내 곁을 스쳐 갔다. 녀석은 운반 작업 때문에 열려 있던 창고 문을 끝까지 열어젖힌 후에서야 뒤로 물러났다.

그렇게 전리품 창고는 지금까지 지나쳐 온 모든 시설들 중에 제일 거대한 규모로 나타났다.

연희와 함께 십여 년 동안 던전을 돌면서 수집한 고등급 마석과 아이템을 비축해 두었던 곳이 캣 푸드 웨어하우스였다.

자그마치 십여 년이었을지라도, 무려 연희와 나였을지라도.

십수만이 긁어 오는 물량에는 역시 미칠 수가 없는 것이다.

그것이 창고로 들어섰을 때 처음 받은 감상이었다. 마치 수십 개의 캣 푸드 웨어하우스를 털어다가 여기에 쌓아 둔 것 같았다.

각성자들이 온갖 왕국들과 도시 권력자들의 보물 창고를 습격하고 마탑을 파괴하며 마법사들을 쥐어짠 결과물이 여기에 모여 있었다.

지금까지만으로 이렇게 모인 것이었다.

그린우드 대륙을 시작으로 오크 대륙에 이어 좀처럼 모습을 드러내지 않는 드워프들의 땅에 있는 것들까지 합산될 때는!

창고들이 끊임없이 줄지어진 대규모 단지가 조성될 일이다. 마치 본토의 나노 소프트 사나 나일 사의 클라우드 데이터 센터처럼.

김지훈에게 제자리로 돌아가라고 지시한 후에 문을 닫았다.

폭식은 언제나 환영이다.

[추출자가 발동 했습니다.]

내게는 무엇이든 소화시킬 수 있는 큰 위장이 존재한다.

　[경험치를 획득 했습니다.]
　[경험치를 획득 했습니다.]
　……

사냥을 떠나기 앞서 충분한 식사는 당연한 준비일 것이다.

왜 아니겠는가. 이후 계획된 사냥은 둠 카오스 놈의 지령에 의해서가 아니었다. 이번만큼은 내 본연의 필요에 의해서, 내 자유 의지에 따라서!

기다려라. 더 그레이트 레드. 예전의 찬란했던 붉은 고룡이여.

곧 네놈의 모가지를 따 남은 심장 반쪽을 손수 꺼내 줄테니.

＊　　　＊　　　＊

[그라프 마석

분류 : 마석 (A급 35%)

회수자: 권성일

출처: 종족 — 그린우드

세력 — 월광의 검, 홀리 나이트령

대상 — 방어 마탑]

S급 마석은 원종(原種)들이나 그에 준하는 것들만이 품고 있는 물건으로 남아 있는 것이 그리 많지는 않을 것이다.

그래서 마석에 있어서는 A급 마석이 사실상 최고의 마석이라고 해도 과언은 아니다.

A급 마석 하나당 기대할 수 있는 경험치는 백만에서 오백만까지인데, 그것은 어디까지나 거기에 깃든 생명력이 100%로 온전해 있을 경우에나 해당하는 이야기.

손길이 스치자 마석은 한 줌의 가루로 부서져 내렸다.

[886,900 경험치를 획득했습니다.]

세 개의 전리품 퀘스트 중에서 완수율이 가장 높은 게 바로 마석 퀘스트였다.

다른 전리품들과는 달리, 이것만큼은 각성자들 사이에 거래가 불가능할뿐더러 활용할 수 있는 방법 또한 전무하기 때문이었다.

그럼에도 불구하고 마석은 다른 전리품들에 비해 회수된 양이 적었다.

마석을 얻을 수 있는 창구가 적다는 점을 감안해도 당장 납득되긴 어려운 일이다.

우리가 지금 그린우드 종과 전투를 치르고 있듯이, 그린우드 종들은 이 땅에 잔존해 있는 몬스터들을 처리해 왔었지 않은가.

그린우드 종들은 방어 구조물인 마탑을 구성하는 데에만 마석을 활용할 뿐이지 일상에서는 특별히 활용하는 부분이 따로 없었다.

그래서 권력자들의 보물 창고를 털면 한 번도 사용되지 않은 마석들이 쏟아져 나올 거라 기대하고 있었던 것도 사실이었다.

그렇다면 그린우드 종들이 지금껏 거둬들인 마석들은 다 어디로 갔을까?

문득 이런 생각이 들었다.

오랜 세월 동안 마석을 긁어모아 온 세력이 있을 거라고.

본토의 다이아몬드 사업처럼 일부 세력이 그 가치를 본인들 마음대로 결정짓기 위해 물량을 통제하고 있는 것이라면 상관없다.

하지만 마석 에너지로 뭔가를 도모하려는 것이라면 그냥

지나칠 수 없는 문제인 것이다.

퀘스트를 생성하고 나서 시선을 돌렸다.

에피타이저로 마석을 먹었으니 이제는 본식 차례였다.

그때, 질서 없이 쌓여 있는 전리품들 중에서 하나가 눈에 띄었다.

[성(聖) 제이둔 장로회의 성스러운 보주

분류: 유물 (전설)

회수자: 데보라 벨루치

아이템 등급: S

아이템 레벨: 535]

헤라, 그 계집은 이런 물건을 취하고도 퀘스트 재료로 바쳐 왔다.

아이템은 다 맞춰 뒀기 때문일 터.

평판이 어디로 어떻게 쓰일지도 모르면서 일단 챙겨 두겠다는 생각이겠지.

*   *   *

성일과 그의 군단은 그린우드 동부의 작은 왕국들을 격

파하고 엑사일 제국의 광대한 땅을 가로질러 왔었다.

이윽고 동부 해안의 최대 항구 도시인 아베트까지 당도했다.

그때 즈음에 성일은 스스로 한 가지 합의에 도달해 있었다.

각성자들의 약탈 행위가 어린아이들을 대상으로 하는 것만 아니라면. 어지간해선 개입하지 않겠다는 것이었다. 그래서 저택 곳곳이 비명 소리로 가득했어도 그는 가만히 있었다.

비록 신경에 거슬리는 부분들이 여전히 많더라도 말이다.

'내로남불도 아니고, 니들도 챙겨 먹을 건 챙겨 먹어야지. 대장이 되어 가지고 거기까지 어떻게 막겠어.'

어쩌면 끝까지 저항한 것들의 최후는 도시가 함락되었던 그때 결정되었을 일이었다.

성일은 욕조에 물이 채워지길 기다렸다.

원래 이 도시의 지배자부터가 목욕에 애착 같은 게 있었던 모양이다.

침전 안에 훌륭한 목욕 시설이 갖춰져 있었다. 동쪽으로 뚫린 창에는 바다가 훤히 보인다.

이계에 들어와서는 처음 보는 바다.

하지만 그 광경에서 오는 평화로움은 그리 오래가지 못했다.

성일은 버릇처럼 상태 창을 띄워 올렸다.

[이름: 권성일 레벨: 511 (첼린저)]

일주일 만에 10레벨을 도약했지만, 썩 만족스럽지 않은 까닭은 역시나 헤라 때문이리라.

사실, 1군단 단독으로 동부를 맡게 된 건 태한 동상이 준 기회였다. 태한 동상도 헤라의 성장을 의식하고 있긴 마찬가지였다.

그 때문에라도 자신은 이번 기회를 제대로 살릴 계획으로 그린우드 땅을 일자(一字)로 갈라 동부 해안의 항구 도시까지 돌격해 온 것이었다.

바닷길을 이용하여 엑사일 제국의 수도를 공격하기 위해서!

처음부터 그런 목적으로 질주해 온 거였다.

동부를 정리하는 시간을 단축하면 단축할수록 다른 전장으로 떠날 수 있는 기회가 많이 생긴다. 그리고 다음 전장은 아마도 바다 너머의 드워프 대륙일 공산이 높았다.

각성자들에게만이 아니다. 그린우드 종들에게조차 드워

프 대륙은 엘슬란드보다도 더 알려진 게 없는 미지의 땅이었다.

거기에 얼마나 많은 기회가 있을지는 불 보듯 뻔한 거 아니겠나.

잠시 후, 성일의 부장이 들어왔다.

"데려왔습니다."

그에게 끌려 들어온 사내가 성일이 보는 앞에서 내동댕이쳐졌다. 구타가 끔찍했었는지 사내의 두 눈은 아예 감겨 있을 정도로 부어오른 상태였다.

그런데 사내의 제국군 제복은 성일로서도 처음 보는 것이었다.

"제독 라시야라는 자입니다."

엑사일 제국의 일반적인 제복과는 달랐다.

"이자와 이자의 병사들이 함선을 다루고 바닷길 또한 잘 안답니다. 또한 주문하신 대로 이쪽 사정에 해박한 자입니다."

"해군 대장이시구만."

"그렇습니다."

그러면서 부장은 성일에게 본인이 쓰던 번역기를 내밀었다.

"어이, 제독. 감상이 어뗘? 그짝이 보기에도 좀처럼 믿

겨지지 않지? 내가 생각해도 우리가 어지간히 **빨랐어야**
지."

성일은 흡족하게 웃었다.

"왜 우리가 여기에 나타났나 싶을 거 아녀? 그렇지 않
어?"

오히려 대답은 성일의 부장에게서 나왔다.

"한국어 인식률이 떨어집니다."

부장은 사투리를 사용하면 인식률이 더 떨어진다는 설명
까지는 차마 보태지 못했다.

"이거 아직까지도 이따구여? 쓰벌. 시대가 어느 땐디 우
리나라 말을 홀대하고 그려. 이거 개발자, 코쟁이 놈들이
지?"

"조만간 업데이트가 된다니 기다려 보시죠."

"업데이트고 자시고 간에 세상이 어떻게 돌아가는지 모
르는 놈들이 천지구만. 헤라 고년도 우리나라 말 공부 겁나
게 하는 거 알지? 한국어가 대세여. 그려 안 그려?"

"예."

"근디 이건 왜 시대를 못 따라가는 거여. 나는 다른 거
안 봐. 동상을 내 밑에 둔 건 우리나라 말이 통하기 때문이
었으. 뭐 동상이 우리나라 사람이니까 당연하지만."

그때도 부장은 '언제는…… 인성을 보신다고 하지 않으

셨습니까.'라는 반문 또한 그저 생각으로 그쳐야 했다.

부장이 성일의 눈치를 살피는 시간이 길어졌다.

시작의 장에서 공통어는 영어였고 각성자들은 영어를 깨우쳐야만 했었다.

그런데 놀랍게도 칼리버 권성일이 할 줄 아는 영어라곤 헬로우나 하우두유두 정도가 전부였는데, 그런 부족한 소통 능력으로 정상급에 도달할 수 있었던 까닭은 다른 게 아니었다.

칼리버 권성일이야말로 그분이 직접 키워 낸 군주 중의 군주였던 것이다.

시작부터 그분과 함께 파티를 맺었던 이는 칼리버가 유일하다고 알려져 있다.

영어야 좀 못하면 어떤가. 일신의 능력이 압도적이고 지금 같은 성장 속도라면 머지않아 염마왕을 뛰어넘을 수도 있는 일 아닌가.

부장은 이 황금 동아줄을 절대 놓치지 않겠다고 다시금 결심하며 입술을 뗐다.

"허락하신다면 제가 칼리버 님의 말씀을 전하겠습니다."

그렇게 성일의 말은 부장을 거쳐서 그리고 또 번역기를 거쳐서 제독에게 들어갔다.

"우리가 황제의 관문으로 향하고 있는 줄 알았을 거여. 글치?"

파테리아 해협의 꼭짓점 '황제의 관문'.

육로를 택해서는 그 좁은 땅을 거쳐야만 제국 수도로 향할 수 있지만, 거기에는 온갖 요새와 방어 시설들로 가득하다.

"거기로 가도 뚫지 못하는 건 아녀. 근디 내가 좀 성격이 급하거등. 일단 싸워야 할 세력이 생기믄 그 세력의 대장 격인 놈의 뚝배기부터 깨부수고 시작해야 직성이 풀린단 말여. 그려. 그짝, 황제의 뚝배기.

그래서 하는 소린디. 그짝이 나를 좀 도와야 쓰겄어. 그짝이 바닷길을 그리 잘 안다며? 배도 쓸 만하겠고."

*　　　*　　　*

제독의 얼굴은 피로 물들어 있었다.

그럼에도 불구하고 순간 아연실색한 그 얼굴에선 핏기가 사라져 버렸다. 잘 뜨지도 못하는 눈은 연거푸 껌벅여 댔다.

언뜻 보였다가 이내 감겨지고 마는 그의 두 눈에는 제국의 멸망이 담겨 있었다.

'마왕군이 바닷길로 돌아가 수도의 배후를 친다니? 지금 이 순간에? 이건……'

제국의 저명한 장군들 누구도 예상 못 했을 작전이었다.

문득 제독은 마왕군이 여기까지 어떻게 이리도 빨리 도달할 수 있었는지를 깨달았다.

마왕군은 점령지들을 방치해 두고 여기만 보고 진격해 온 것이다. 처음부터 바닷길을 이용하여 수도의 배후를 칠 생각으로.

마왕군의 강력함은 둘째 치고, 그렇게 대담한 작전은 처음이었다.

더군다나 이런 회유까지!

제독은 눈을 감고 귀까지 틀어막고 싶었다.

"그짝이 날 돕든 안 돕든 그짝 나라의 말로는 정해져 있으. 단지 시간이 얼마나 걸리냐의 차이일 뿐이지. 그짝은 이 나라의 운명을 바꿀 수 없으.

또 그짝 나라만이 아니여. 그린우드 대륙 전체는 곧 하나의 깃발만 쓰게 되는 거여. 또 그린우드 대륙뿐만이겠어?

대세는 정해져 있는 거여. 그러니께 좋은 게 좋은 거라고, 날 돕고 가족도 챙기고 그러믄 얼마나 좋아? 그리고 이거 알으?

내 맘에 쏙 들믄 그짝의 아들이 이 저택의 주인이 될지도 모르는 일 아녀. 우리가 황제 뚝배기 깨러 떠나믄 누군가는 여기를 다스려야 하는디. 누구를 앉혀 두겠냐고. 시간 줄 텡게 생각혀 봐.

하지만 빨리 주는 자는 마음에도 빨리 드는 법이란 걸 명심혀.

그짝이 끝까지 거부하면 별수 없는 거긴 한디, 그라도 전향할 거라믄 이왕 빨리 결정하는 게 내 마음에도 빨리 드는 것이여."

시간이 지날수록.

결국 제독은 눈앞의 무시무시한 거한을 인정할 수밖에 없다고 생각했다.

실제 체구가 압도적으로 거대한 것은 아니다. 하지만 창밖 바다를 바라보고 있는 그의 등은 정말로 크고 드넓어 보였다.

마왕군에 대해서 들어왔던 사악한 소문들은 대부분 사실이었으나 놓친 게 있었다.

대담한 작전을 펼치며 회유에도 능한 위대한 장군의 풍모를 지닌 이가 마왕군을 이끌고 있다는 건 들어 본 적이 없었다.

빨리 주는 자는 마음에도 빨리 드는 법.

제독은 직전에 던져졌던 그 말을 곱씹으며 결심을 마쳤다.
제독이 말했다.

"……바닷길을 열겠소."

그는 그렇게 말해 놓고도 정작 고개를 들지 못했다.

"그려. 기회가 왔을 때 잡아야 하는 거여. 목숨과 가족의
안전이 달렸는디, 절대 부끄러운 짓을 한 게 아니지. 뭐가
그것보다 중하겄어. 어여 일어나고, 그짝도 알겠지만 빠르
게 해치워 먹어야 하는 작전이여. 바로 배 준비혀 놔."

성일이 말을 마친 그때였다.

[퀘스트 '마석 행방'을 획득 하였습니다.]

[마석 행방 (퀘스트)

대대로 그린우드 종들은 몬스터를 사냥해 왔었습니
다. 제 땅들을 확보하기 위해서였고 또 마석을 확보하
기 위함이었습니다. 그런데 현재, 그린우드 종들이 확
보해 왔을 마석들 대부분이 어딘가로 사라져 있습니다.

그 많은 마석들이 전부 다 어디로 사라졌을까요?

임무: 사라진 마석들의 행방을 밝혀라.

보상: 평판 100

첼린저 박스 * 1]

"잠깐 서 봐."

성일은 비틀거리며 걸어 나가는 제독을 불러 세웠다.

동부 최대의 항구 도시.

성일이 이 도시를 침공할 때 처음 봤던 것이 많은 문물의 집산으로 붐비고 있던 광경이었다. 성일은 어쩌면 제독을 통해 퀘스트를 해결할 수 있을지도 모른다고 기대했다.

"하나 물을 게 있으."

"……하문하시오, 장군."

"장군?"

성일은 웃음을 터트리고는 본론으로 들어갔다.

"두 가지를 찾고 있단 말여. 하나는 성 카시안의 기록물이고 또 하나는 마석. 기록물이야 워낙에 별로 없으니까 그렇다 치고. 근디 마석은 아니란 말이여. 그짝들이 대대로 겁나게 모아 댔을 텐데도 잘 없으. 이상한 일인 거지."

"지저(地底)의 종족이 사 가고 있기 때문이오. 아주 오래 전부터 황금을 주고."

성일은 그라프나 데클란일 리는 없다고 확신했다.

그렇다면 제독의 어투에서 적의가 묻어 나와야 했으니
까.

성일은 제독이 문득 향한 시선에서 그 해답을 찾았다. 제
독이 창밖으로 멀리 보는 바다 너머에는 드워프들의 대륙
이 있다고 알려져 있었다.

'드워프, 고것들이 범인이었구만.'

그때.

[퀘스트 '마석 행방'을 완료 하였습니다.]

[평판 100을 획득 하였습니다.]
[첼린저 박스를 획득 하였습니다.]

[첼린저 박스를 선택해 주십시오.]
[1. 스킬 2. 아이템 3. 인장]

[첼린저 박스(아이템)을 선택 하였습니다.]

제독은 몰라도 성일의 부장만큼은 성일이 허공에 팔을
뻗는 동작이 무엇을 뜻하는지 알고 있었다.

"감축드립니다, 칼리버 님."

부장이 말했다.

하지만 그 순간, 성일에겐 부장의 말이 들리지 않았다.

　[아이템 '칼리버 권성일의 황금 흉갑'을 획득 했습니
다.]

찬란한 빛이 뻗치더니 일점(一點)에 모였다. 그리고 그것
은 성일의 손아귀에서 흉갑의 제대로 된 형태를 갖춰 나가
기 시작했다.

'칼리버 권성일의 황금 흉갑…….'

어느 흔한 신의 이름이 아니었다. 자신의 이름이 박힌 진
짜 물건!

성일은 어쩐지 몸이 떨렸다.

그조차도 주체할 수 없는 전율이 온몸을 휘감아 드는 것
이었다.

Chapter 4.

"흠……."

추출을 다 마친 후 내린 평가는 썩 좋지 않았다.

마석은 기대만큼 축적되지 않은 상태였다.

다른 전리품들 또한 양은 많을지라도 질적으로 뛰어난 것은 손에 꼽혔다. 그마저도 국력이 약한 작은 왕국들에서 나온 것이라 그런지, 오크 종들 사이에 전승되어져 왔던 유물들과는 확실한 차이가 있었던 것이다.

[레벨: 655 (45.14%)]

그런데 첫 숟갈에 배부르랴.

위장이 워낙에 커진 탓에 티가 잘 나지 않을 뿐이란 걸 왜 모를까.

창고에서 흡수한 힘은 첼린저 만렙 각성자 하나를 만들어 내고도 남는 양이다.

애초에 각성자들에게나 이계 종들에게는 역사상 유례없는 보물 창고로 여겨질 곳이었다. 본 시대의 일악과 일선조차도 이런 부귀(富貴)는 누리지 못했었다. 당시를 돌이켜 보면 나는 그때와 완전히 다른 존재가 되어 있었다.

문을 밀고 나왔다. 늦가을의 바람이 나를 기다리고 있었다. 그것이 창고 바닥에 산재해 있던 가루들을 휩쓸었다.

김지훈이 그 광경을 보고 있다가 정신을 차렸다. 녀석은 내가 전리품을 꾸준히 수거해 온 까닭을 눈치채기라도 한 듯 이렇게 말했다.

"고등급 전리품들의 회수율이 좋지 않은 걸…… 알고 계십니까?"

녀석의 어투에선 분함이 섞여 나왔다.

그러고는 아차, 하는 얼굴로 황급히 고개를 숙였다.

주제를 넘고 말았다는 것을 인지했기 때문이리라. 내게서 신성(神聖)을 엿보았으니 흥분이 지나치고 만 것이었다.

녀석의 그런 실수가 퍽 재밌게 느껴졌다. 이런 한 번의 실수 때문에 기득권에서 튕겨져 나간 녀석이 어디 한둘이었던가.

그게 빌미가 되어 목숨을 잃은 녀석도 허다했다. 김지훈 또한 누구보다 잘 알 일.

나는 사색이 된 녀석의 어깨를 툭툭 쳐 주고 지나쳤다.

애초에 고등급 전리품들의 회수율이 좋지 못할 거란 건 예견된 일이다.

그러나 그것들로 무장한 각성자들은 진격에 박차를 가할 것이며 사실상 진짜배기라 할 수 있는 힘들은 거기에서 전해져 온다.

어지간한 전리품에 깃든 것보다는 마나 사용자들에게 깃든 힘이 훨씬 크기 때문.

마석도 비슷하다. 그런데 그것을 드워프 종들이 긁어모아 왔다니.

사냥 계획을 뒤로 미뤘다. 드워프 종들이 얼마큼의 마석을 비축하고 있을지는 둘째치고, 그 많은 마석들을 어떤 목적으로 사용하고 있는지를 확인하는 게 우선.

단순히 모으기만 하고 있지는 않을 터였다.

그것들이 지저(地底)에 산다는 것을 떠올리며 시작했다.

목표 지점은 문명을 구성할 수 있는 수준의 거대한 땅굴
이다.

[게이트 생성을 시전 하였습니다.]

그런데 이것들 봐라?

[* 정체불명의 마공학(魔工學) 장치에 의해 방해를
받고 있습니다.]
[남은 시간 (게이트 생성 까지) : 5일]

이런 경우는 처음이었다. 무엇보다 올드 원의 비호 때문
이 아니었다.

어떤 세력이 마석을 긁어모으고 있는 게 아닐까 하는 의
심을 하게 된 후로 이런 경우를 우려했었다. 목표 지점을
지상으로 바꿨다.

그리고 나서야 공간이 벌어지기 시작한다.

＊　　　＊　　　＊

지상에서는 어떤 문명의 흔적을 조금도 찾을 수 없었다.

울창한 숲들은 원시의 생태계에 가까웠다. 심지어 암석으로 이뤄진 벌거벗은 산일지라도 그 생태계에 적응을 끝낸 동식물들의 군락이 쉽게 발견되었다.

정말로 지상은 드워프 종들의 영역이 아니었다.

아주 오래전부터, 그러니까 신마대전이라 불리는 태고 때부터 지하를 파고 들어간 것이 틀림없었다.

드워프들이 지하 속에서 뭘 먹고 사는지는 궁금하지도 않았다.

지금도 내 발밑, 저 깊은 지저 전체에 깔려 있는 힘들이 어떤 과정으로 형성되었는지가 궁금할 뿐.

그렇게 당장 지저로 들어가는 입구를 찾는 것은 어려워 보였다.

하지만 찾을 수 없다면 만들면 되는 일 아닌가. 힘을 소비하지 않으면서 이것들의 결계에 큰 충격을 먹일 수 있는 방법.

[스킬 '오딘의 벼락 폭풍'이 생성 되었습니다.]

더 그레이트 실버를 아공간에서 끄집어내면서였다.

손아귀 안으로 무겁게 감겨 오는 검자루의 느낌은 좋았다. 그러나 암습을 가할 목적으로 만들어진 형태만큼은 지금에 적합하지 않다.

[더 그레이트 실버의 형태가 변환 됩니다.]
[변환 : 단검 → 창]

두께가 확장되고 날은 위로 쭉 뻗어 나간다. 최근까지 주력으로 써 왔던 것이 뇌신 창이었기 때문에 익숙한 무게감이 반갑게 느껴졌다.

달빛조차도 더 그레이트 실버의 새삼스러운 위용에 감격하는 듯 창 촉과 창대 전체에 달라붙었다. 그것이 거기의 은빛 색채를 더욱 돋보이게 만든다.

[오딘의 벼락 폭풍을 시전 하였습니다.]
[대상: 더 그레이트 실버]

더 그레이트 실버의 영혼이 비명을 지르는 것일 수도 있다.

혹은 보다 강력해진 자신을 두고 어쩌질 못하는 것일 수도 있다.

손아귀 전체까지 떨려 오는 진동이 거셌다. 두꺼운 벼락 줄기들이 창대를 휘감아 올라갈수록 진동은 점점 격해져 갔는데, 그것도 자루를 한 번 힘 있게 쥐는 것으로 멎어 버렸다.

창을 거꾸로 쥔 시점에서 벼락 줄기들이 창 촉의 한 점으로 쏠리기 시작했다. 해골 용과 드라고린이 브레스를 뿜어낼 때 이와 흡사한 흐름이었다.

이 조합을 여기에서 시험해 보는구나!

그런데 그때.

불청객이 끼어들었다.

담력은 가히 박수를 쳐 줄 만하나 나를 방해할 생각이라면 최소한 더 그레이트 레드를 데리고 왔어야 할 일이다.

더군다나 불청객의 능력 따위론 곧 창과 지저의 결계가 충돌하며 발생될 충격파부터도 감당 못 할 것이다.

그대로 지면을 찍어 버렸다.

창끝에서 브레스처럼 터져 버린 폭발은 내게도 영향을 미치기 충분했기에 그때 꺼낸 것이 홍염 방패였다.

나는 지하 속으로 낙하 중이었다.

세상을 다 뒤집어 놓을 법한 흉맹한 소리가 끊임없이 부딪쳐 왔다.

마침내 결계가 육안으로 들어왔다. 나보다 앞서 뇌력이 결계를 타격했던 흔적으로 거기에 생긴 균열 또한 뚜렷이 보였다.

이윽고 창끝의 한 점이 결계에 직접 닿은 순간, 뇌력은 한 번 더 터져 나왔다.

충격 직후의 파장에 더불어 뇌력까지 더해진 결과는 지상으로 뻥 뚫려 버린 높은 공간을 다 채우고도 남았다. 홍염 방패 인근으로만 약간의 공백이 형성될 뿐. 충격과 함께 위로 치솟아 오른 뇌력들은 하나의 거대한 기둥으로써 천공까지 도달할 것처럼 굴었다.

멀리서 보면 지하까지 관통한 빛기둥처럼 보일 것이다.

하지만 아니다. 나로부터 일어난 것이니 이게 뭔지 모를 수가 없었다.

곧 터질 충격에 대비하여 방패를 가까이 끌어당겼다. 날개 또한 개방하여 등 뒤쪽으로도 보호를 마친 찰나였다.

위로 튕겨진 대로 기둥처럼 형성되었던 그 힘들이 결국 폭발했다.

콰아아아앙—!

흙먼지는 한참 뒤에서야 가라앉았다.

폭발에 휘말린 일대는 지하든 지상이든 관계없이 전부 시야에서 사라져 있었다.

그래서 지저의 결계는 본모습을 제대로 드러낸 채였다.

지평선까지 펼쳐져 있는 거대함이 놀랍다.

내가 밟고 서 있는 부분은 드워프 종의 문명에서는 하늘

일 수 있었다. 그러나 내게는 검은 바다처럼 보였다.

직전의 강력한 충격으로 결계 전체가 흔들리고 있는 움직임은 파도와 같았고, 어디를 쳐다보든 검은 결계가 바닥을 형성하고 있었다.

지금에도 놀라운 사실 하나는 이 와중에도 결계가 깨지지 않은 점이었다.

아래를 내려다보았다.

선팅된 차 안을 들여다볼 때처럼 모든 게 거무튀튀하게 잡혀 들어왔다. 거기에서 나를 올려다보고 있는 것들이 참 많았다.

겁에 질려서 스스로를 통제 못 하는 것들. 용암이 가득한 용광로 쪽에서나 거주 시설로 추정되는 부근 쪽에서도 그런 것들이 가득했다.

결계를 밟으며 걸음을 옮겼다.

지저 왕국의 지배자들 중 하나가 살 법한 건축물을 저 아래로 둔 지점에서 멈춰 섰다. 그때 옥상까지 올라오는 한 무리가 보였다.

한 놈이 나를 올려다보며 큰소리로 외쳤다. 이쪽까지 닿을 만큼 커다란 목소리였다.

그럼에도 불구하고 불안하게 흔들리는 두 눈만큼은 겁에 질린 다른 것들과 조금도 다르지 않았다.

"부디 우리를 내버려 두시오!"

그때부터 기계가 작동하는 소리가 났다.

이상한 느낌을 받았다. 겁에 질렸을지언정 언행에 망설임이 없는 게 그랬다.

지금 이 순간을 오랫동안 준비해 온 것임이 틀림없었다. 그렇지 않고서야 결계까지 오르는 사다리를 준비할 일이 뭐가 있겠는가.

정확히는 높이를 조절할 수 있는 첨탑이었다.

기계가 작동하는 소리가 그쳤을 때, 드워프는 바로 경계면 지척까지 도달해 있었다. 위치상으로는 내가 딛고 있는 부분에서 2미터 아래쯤.

드워프의 늙은 얼굴이나 각오를 다지고 있는 표정이 그렇게 가까워졌다.

"더 바깥으로 나갈 수 없음을 용인해 주시오."

드워프는 나를 올려다보며 말했고.

"내가 누군지 아는군?"

나는 아래에 대고 뇌까렸다. 드워프는 대답하지 않는 것으로 대답을 대신했다.

"찾아올지도 알고 있었던 것이었고? 답해라, 드워프."

그렇다면 올드 원이 그리고 있는 큰 그림의 일부분일 수도 있었다.

나를 겨냥해서 만든 결계? 어떤 함정이 존재할지 모른다는 생각에 아래를 주의 깊게 살펴봤지만 그런 건 없었다.

결계의 목적은 단 하나뿐인 것 같았다. 오로지 방어만을 위해서다.

내가 들어오지 못하도록 막는 것.

"선조들께서 말씀해 오셨소. 동쪽의 끝에서 원하는 답을 들을 수 있을 거요. 그러니 부디, 우리를 내버려 두시오."

드워프의 말이 이어졌다.

"해안에 이르러 킹 포이어를 찾으시오."

놈은 더 그레이트 실버를 꽤 오랫동안 응시했다. 그러며 조바심이 걷잡을 수 없을 정도로 커지고 말았는지 거의 애걸하다시피 덧붙였다.

"우리 드워프들은 지상의 일에 조금도 관심이 없소."

그린우드 종들의 공동체에서 흔히 찾아볼 수 있는 게 올드 원의 상징이었다. 그러나 아래로는 그런 게 하나도 보이지 않아서 말했다.

"원정대 편으로 내 땅을 공격해 들어온 것들이 있었다."

"그건…… 더 그레이트의 후손이라 주장하는 몇몇이 저지른 일일 거요. 우리와는 상관없는 일일뿐더러, 우리의 규율을 어기는 자는 우리의 동족이 아니오."

"규율?"

"말씀드렸다시피 지상의 일에 관여하지 않는 게 우리의 규율이오."

"……동쪽 끝이라 했는가?"

*　　*　　*

킹 포이어라는 드워프가 나타나길 기다리면서 일대를 확인했다.

이런 곳이 있다는 것 역시 들어 보질 못했다. 하늘에서 내려다본 동쪽 바다는 온갖 크고 작은 섬들이 난잡하게 흩어져 있었다.

고도를 높이면 높일수록 바다를 더 넓게 볼 수 있었는데, 그렇다 한들 온갖 섬들이 무분별하게 퍼져 있는 꼴만 확장될 뿐이다.

어쩌면 성(星) 드라고린 전체를 위험스럽게 만들었을 자연재해가 있었거나.

또 어쩌면 그에 준하는 충돌이 있었을 것이다. 올드 원과 둠 카오스?

이윽고 드워프 하나의 기척이 나타났다. 녀석도 눈에 띄게 늙은 드워프였다.

드워프는 내가 내려서길 기다렸다가 양손을 가지런히 모았다. 거기가 떨리고 있었다. 녀석의 목소리도 떨리면서 나왔다.

"태초에 엘슬란드와 바르바들이 차지하고 있는 땅 그리고 우리들의 땅은 하나의 대륙이었다고 합니다."

이 녀석 또한 오늘을 숱하게 준비해 온 게 분명했다. 인사치고는 이태한의 연설처럼 이어질 말을 기다리게 만든다.

드워프는 섬들이 흩어진 바다를 향해 시선을 옮기며 마저 말을 붙였다.

"성 카시안께선 그 악신(惡神)의 사악한 계략을 다 알고 있으셨습니다. 올드 원, 락리마, 시스템. 다양한 이름으로 불리는 그 악신 말입니다.

저기는 성 카시안께서 악신과 최후의 항전을 벌이신 곳이며, 이것은……."

드워프가 품에서 꺼낸 건 성 카시안의 기록물들이었다. 드워프의 손아귀에 수십 장이 한 묶음으로 크게 잡혀 있었다.

"그날 선조들께서 수거해 놓은 그분의 말씀이지요. 이걸 받아 주시고, 바라시는 게 있으시다면 무엇이든 수긍하겠습니다.

하오니 우리 지저(地底)의 삶에 자비를 베풀어 주소서."

　드워프의 동공에서 깊은 세월이 읽혔다.

　얼굴 전체에 자글자글한 주름들은 오히려 그 깊이를 따라가지 못했다.

　하지만 그가 올드 원을 악신이라고 지칭한 시점에서 그의 위치를 확실히 알고 싶었다. 연륜을 품은 두 눈과 달리, 정작 그에게서 느껴지는 힘은 너무나 미미했기 때문이었다.

　느껴지는 게 없다고 해도 과언이 아니다.

　[대상을 완벽히 간파하였습니다.]

　[전의를 상실한 드워프 (종족)

　자비를 구하고 있습니다.

　레벨: 1]

　"받아 주소서."

　늙은 드워프는 성 카시안의 기록물을 더욱 깊숙이 내밀었다. 경건한 의식을 진행하는 것처럼 심각해 보였다.

　하지만 그런 모습에도 이자의 정체를 두고 드워프 종들이 내세운 희생양일지도 모른다는 의심을 지울 수가 없었다.

여기의 권력자들이 마나 수련에 전력을 다해 왔던 까닭도. 왕국의 창시자들이 역사의 한 페이지에 이름을 떨친 유명한 검사나 마법사인 까닭도 같은 이유다.

마나라는 올드 원의 힘이 이 세계의 질서를 구성하고 있다. 그렇게 권력을 쟁취하거나 유지하는 가장 강력한 수단이 바로 일신의 무력에 있기 때문이었다.

그러나 일족의 왕이라고 내 앞에 선 드워프는 어떤 수련도 하지 않은 것이었다.

드워프의 얼굴을 움켜쥐고 내 쪽을 올려다보게 만들었다.

"으읍!"

살짝만 힘을 줘도 대가리 전체가 터져 버릴 것이다. 하관이 쥐어 잡힌 드워프는 숨을 쉬지 못했다. 어떠한 저항도 없었다.

이 와중에도 성 카시안의 기록물을 떨어트리지 않고 있는 게 용했다.

"왕이란 작자가 마나를 수련하지 않았군. 네놈이 킹 포이어란 놈이 맞는지부터가 의심스럽다."

공포에 질린 드워프의 동공을 내려다보며 말했다. 마주한 눈동자는 정말로 절박해 보였다.

손아귀를 풀어 주었다. 그러자 늙은 드워프는 통증으로 구겨진 얼굴을 바로잡기 위한 노력부터 보이는 것이었다. 그런 다음에서야 드워프의 입술이 열리며 피가 흘러나왔다.

"마나는 악신(惡神)의 힘입니다. 진실을 모르는 것들만이 그 힘을 받아들이고 있는 것이지요. 의심하지 마소서. 저는 당신께서 찾으셨던 그 포이어입니다. 일족을 대표하여 당신께 자비를 구하고 있는 것이나이다. 어떻게 하면 믿으시겠나이까?"

"결계를 열어라. 부수고 들어가기 전에."

이 늙은 드워프의 주장이 맞는다면.

제왕인 자가 동족 전체의 운명을 짊어지며 목숨을 걸고 있는 셈이다.

하지만 그런 건 어디까지나 이상일 뿐이지, 현실은 다른 법이다.

다만 드워프에게는 다른 꿍꿍이가 준비되어 있지 않았다. 지금 그는 혼자서 나를 마주하고 있었을뿐더러 초라한 행색 속에는 그 어떤 무장도 숨겨져 있지 않았다.

그린우드 종이나 오크 종들은 물론 각성자들 속에서도 볼 수 없었던 광경을 눈앞에 두고, 나는 또 눈살이 찌푸려지고 말았다.

늙은 드워프의 신념이 어떻게 선(善)하든 알 바가 아니기 때문이었다. 내 선택에 영향을 주지 않는다.

언제나 그래 왔다. 본토의 안전에 보탬이 되는 일이라면 선악을 가리지 않았다. 애초에 내게는 그런 선택지조차 남아 있지 않았으니까.

칼로 목을 베어야만 살인인가? 시작의 날 전에도 내 말 한마디에 온갖 인간 군상들의 운명이 결정되었는데, 하물며 이계종 따위가…….

이 늙은 드워프는 상대를 잘못 골랐다. 자비라니. 자비라니.

"하오시면 이것을 먼저 봐 주십시오. 부디, 자비를……."

드워프는 또다시 성 카시안의 기록물을 내밀었다.

그것을 낚아채며 마저 말했다.

"구태여 네놈이 바쳐 오지 않았더라도, 지저에 있는 모든 것들……."

[성 카시안의 기록물을 획득 했습니다.]

……

[성 카시안의 기록물을 획득 했습니다.]

"네놈들의 목숨을 포함한 모든 것들은 내 수중으로 들어오게 되어 있었다."

드워프는 당황하지 않았다. 그가 고개를 숙인 채로 대답했다.

"성 카시안께서도 그러한 말씀을 남기셨습니다. 당신께서 우리 일족을 멸할 거라 하셨지요."

드워프가 하는 이야기는 수십 장의 기록물 중, 제일 첫장으로 올려져 있었다.

[성 카시안의 기록물 중 일부

분류: 예언편

출처: 종족 — 드워프

대상 — 킹, 포이어]

「……먼 후대. 오크 일족에 이어 드워프 일족 또한 화를 면치 못하니라. 킹 포이어의 대에 이르러 마침내 시작될 것이니.

너희들의 항거는 그리도 무력할 것이다. 금을 쌓아 만든 왕좌는 벌겋게 녹아내리고 강인한 전사들 역시 녹아내린 왕좌와 운명을 함께하리라.

왕국의 가련한 백성들은 너희 찬란한 문명의 거산(巨山), 움베르트가 무너지는 광경을 망연히 바라보고 있다가 희생될지어다.

그럼에도 더욱 가련한 바는 시체 하나 남아 있지 않은 데 있으니, 너희들의 땅에도 피가 굳어 흩어진 가루가 나부끼고 찢어진 대지에 흐르는 것은 용암뿐일지어다.

믿어라.

의심치 말라.

나는 그날 너희들을 도륙하는 둠 맨을 분명히 보았노라.]

드워프의 목소리가 끼어들었다.

"저기가 성 카시안께서 언급하신 거산, 움베르트입니다."

그의 시선을 따라간 곳에는 봉우리가 단단하게 솟아 있는 산이 위치했다.

하지만 찬란한 문명이 자리하고 있기는커녕, 원시의 모습 그대로 야생에 방치되어 있을 뿐이다.

그걸 확인하자마자 제일 먼저 한 일은 절대 전장의 영역을 활성화시키는 것이었다. 둠 카오스와 올드 원이 이 모든 걸 엿보고 있을 테니까.

늙은 드워프의 이어지려는 말도 그 과정에서 잠깐 중단되었다.

"계속."

"본래 선조들께선 움베르트에 왕국의 기틀을 잡으시려 했습니다. 하지만 성 카시안의 말씀이 전해진 후, 지저(地底)를 택하셨으며 우리 후대들에게 세 가지 절대율을 남기셨습니다.

지상의 일에 관여하지 마라, 악신의 화를 불러일으킬 것이다.

마나를 수련하지 마라, 그것이 일족을 멸망케 할 것이다.

그럼에도 불구하고 외부의 침공을 항상 경계하고 준비해라, 마석에 담긴 힘이 그것을 가능케 할 것이다."

제 일족의 죄를 자백하는 투로 이어졌던 말은 그쯤에서 잠깐 중단되었다.

내가 뒷장을 넘겨 보길 바라는 눈치였다.

두 번째 순서로 준비되어 있던 기록물은 전황편이었다.

예전에 봤었던 기록물과 이어진다. 각성자들이 그렇게 찾아 헤매도 찾을 수 없었던 연유가 바로 여기에 있었다.

드워프 종들이 오랜 세월 동안 오늘을 준비하며 숨기고 있었으니 찾으려야 찾을 수가 있나!

[성 카시안의 기록물 중 일부

분류: 전황편

출처: 종족 — 드워프

대상 — 킹, 포이어]

[……했다.

이후 나는 화이트가 맞이한 정체불명의 죽음에 대해
서도 깨달았다.

가련하게도 화이트는 나보다 앞서 그분의 계획을 엿
보게 된 것이었다. 알지 말아야 할 것을 알게 된 것이었
다.

벌벌 떨었을 화이트의 모습이 선했다. 화이트가 둠
엔테과스토와의 격전지로 향하면서 느꼈을 두려움에
깊이 공감했다.

자신을 탄생시킨 어버이의 손에 죽임을 당하고 말
거라는 두려움이었을 것이고, 나 또한 같은 두려움에서
한참 동안 벗어날 수 없었다.

화이트를 죽이고 그의 영혼마저 소멸시킨 건, 우리
의 어버이이자 창조주이신 바로 그분이셨다.

그 뒤에 찾아온 것이 이루 말할 수 없는 배신감이었
다.

그분의 계획은 마신 이상으로 끔찍하고 사악했다.

어떻게 본인이 낳은 피조물들을 전부 몰살시킬 생각
을 품을 수 있단 말인가.

우리가 지켜 왔던 모든 걸 부정하고 있었다. 우리 모두는 존재를 부정당했다. 나는 그렇게 세계수 앞에서 절규하고 또 절규했다.

이후부터 기록되는 것은 내가 본 것이자 알게 된 모든 것이다. 우리와 너희 먼 후손들이 겪게 될 절망이자 재앙이다.

이 기록으로 말미암아 너희들 또한 그분의 원대한 계획에 담긴 사악함을 깨닫게 될 것이다.

그분이 우리와 너희들을 희생시켜 아직은 도래하지 않은 존재, 둠 맨으로 하여금 무엇을 하게 하려는지. 그분이 둠 맨을 희생시켜 무엇을 이루려 하는지를 알게 되면 내가 느낀 배신감에 공감할 수밖에 없을 것이다. 그분의 정체를 알게 될 것이다.

다음 장으로 넘어가기 앞서 그 이름 '둠 맨'을 다시금 명심해라.

다음 장으로 넘어가기 앞서 우리 주 락리마의 신성이 악(惡)에 근원을 뒀음을 명심해라. 제 한 몸의 승리를 위하여 피조물들을 모조리 몰살시킨다는 계획을 품은 존재가 악이 아니고 무엇이겠는가.]

마지막 문장을 눈에 담았을 때, 익숙한 느낌이 찾아왔다.

[성 카시안의 기록물을 읽어 내고 있는 중입니다.]

[본 기록물에 깃든 성 카시안의 강렬한 기억을 읽어 내는 데 성공했습니다.]
[올드 원의 진 엔딩이 40% 담겨 있습니다.]
[* 올드 원의 굿 엔딩, 진 엔딩, 베드 엔딩 중 일부분입니다.]

[올드 원의 진 엔딩 (정보)
정보 완성도: 70%
확보한 키워드: 나선후의 죽음, 둠 카오스의 도주, 세계수(정화 장치), 몰살]

그 페이지는 내 손아귀에서 증발됐다.

"아……."

드워프는 그때만큼은 놀란 마음을 감추지 못했다.

무엇으로도 파괴할 수 없는 성 카시안의 보존 마법이 걸려 있다고 알려진 게 이것이었으니까.

드워프들이 다음 장으로 어떤 것을 준비해 두었을지 기대하며 그것을 집어 들었다.

[성 카시안의 기록물 중 마지막 페이지]
[올드 원의 진 엔딩이 30% 담겨 있습니다.]

마지막 페이지라.

「 가련하다. 우리 주의 진짜 이름은 락리마도 시스템도 아닌, 올드 원이다.

그분의 허명에 속지 마라.

오래된 전투 끝에 올드 원은 포기하지 말아야 할 것을 포기하였다. 자신의 피조물들을 버렸다.

이제 너희들도 그분의 원대한 계획에 대해서 알게되었다. 결국 나 역시 화이트와 같은 최후를 면치 못할 것이다. 그러니 이것은 나의 최후 기록이며 저항이니라.

내 모든 지식과 너희들에게 힘이 될 만한 것들을 이리 남겨 두었다. 내 죽는 한이 있더라도 이것만은 너희들에게 전하고 말리라.

그러니 익혀라. 그리고 쓰거라.

그분의 사악한 계획이 뜻대로 되지 않도록 너희들도 최후까지 저항하거라.

종족에 구분을 짓지 말고 단결하여 때를 준비하거라.

피와 어둠을 몰고 올 자로부터. 그리고 우리 주, 사악한 그 악신(惡神)으로부터.」

[성 카시안의 기록물을 읽어 내고 있는 중입니다.]

"우리 일족에겐 긴 세월이었습니다. 절대율을 지키기 위해서 선조들께선 많은 희생을 겪어야 했지만, 이제 그 희생이 부질없지 않았다는 것을 알게 되었습니다. 하오니 당신께 자비를 구하는 것이나이다."

드워프는 중요한 사실 하나를 빠트리고 있었다. 부끄러워서 차마 말을 못 하는 것이겠지만 이해가 안 되는 일도 아니었다.

성 카시안은 최후의 전언으로 모든 종족의 단결을 말했다.

그러나 드워프 종의 선조들이 택하고 후손들이 그 뜻을 끝까지 지켜 온 방향은 성 카시안의 최후 전언과는 완전히 상반되는 것이었다.

나는 제법 많이 쌓여 있는 기록물을 한꺼번에 쳐다보면서 말했다.

"너희 선조들이나 네놈이나, 이 진실을 외부로 일절 알리지 않았구나. 성 카시안을 진실된 성자처럼 숭배하면서도 그의 최후 전언을 따르지 않았어. 너희들만 진실을 독점하고 있었던 것 아니냐."

드워프가 대답했다.

"선조들께선 현명하셨습니다. 덕분에 당신께서 우리 일족의 말에 귀를 기울여 주시고 계시지 않습니까."

그때였다. 손아귀에 들려 있던 조그마한 무게감조차 사라졌다.

[지금까지 읽어낸 정보들의 조합을 마쳤습니다.]

마지막 페이지 또한 증발된 채였다.

[정보 '올드 원의 진 엔딩'을 완성 하였습니다.]

*　　　*　　　*

[올드 원의 진 엔딩 (정보)

오랜 전쟁으로 둠 카오스와 올드 원 양 진영 모두 더

이상은 전쟁을 지속하기 힘든 시기에, 올드 원이 강구해 낸 현실적인 결말입니다.

진 엔딩: 올드 원은 둠 카오스와 충돌했을 때 특전 '완전한 회수자'를 남겼다. 나선후는 그것을 취하게 된 이후로, 둠 카오스 진영 내부를 붕괴시키는 한편 올드 원 진영에 잔존해 있던 힘들을 회수하기에 이른다.

나선후는 둠 카오스와의 최후 결전을 앞두고 올드 원에게 세 가지 약조를 받아 낸다. 하지만 나선후의 진짜 계획은 올드 원이 약조대로 전투에 가담할 때를 맞춰 본인은 그 싸움에서 물러나는 데 있었다.

그러나 나선후와 둠 카오스의 결전이 시작되었을 때, 정작 올드 원은 약조와 달리 모습을 드러내지 않는다. 나선후는 둠 카오스에게 함께 올드 원을 처치한 다음에 최후의 승자를 가리자고 제안한다.

그때 특전 '완전한 회수자'에 숨겨져 있었던 장치가 나선후와 둠 카오스도 예상치 못했던 올드 원의 권능에 의해 작동하기 시작한다.

나선후는 내부 세계로부터 폭발해 나오려는 광대한 힘을 짓누르기 위해 노력하지만, 측근의 도움에도 불구하고 실패하고 만다.

그 폭발은 둠 카오스와 나선후뿐만 아니라 성(星) 드라고린 전체를 파괴하기에 이른다. 성 드라고린에 자리하고 있었던 공간에 남은 것이라곤 올드 원의 비호를 받고 있는 세계수 한 그루뿐이었다.

세계수는 나선후가 폭발시킨 힘과 터져 죽은 나선후에게서 흘러나오는 힘 그리고 둠 카오스에게서 흘러나오는 힘까지 흡수하고 있었다.

둠 카오스는 도망치는 데 성공했지만 이미 육신과 정신이 모두 파괴된 나선후에게선 부활의 조짐이 보이지 않는다. 그 둘에게서 나온 힘을 수거하기에 바쁜 올드 원은 둠 카오스를 쫓아갈 수 없었다.

대신 올드 원은 나선후의 본토에서 진행 중이던 전투를 그치게 하고, 전 인류를 동원하여 다음의 전쟁을 준비하기 시작한다.

둠 카오스와 올드 원의 전쟁은 새로운 국면에 접어들었다. The end. 」

추정해 온 게 맞았다.

올드 원이 내게 남기려 했었던 것은 시스템 관리자, 그 신성(神性)의 영역이 아니었다. 본래는 '완전한 회수자'라는 훨씬 다운그레이드된 버전일 터.

이미 짐작하고 있었음에도 불구하고 순간에 찾아온 통쾌함은 나를 웃게 만들었다.

성 카시안의 변절, 둠 카오스의 개입. 하나 같이 내게는 유리한 상황들 아닌가.

오래된 그것들의 싸움은 계속 변수를 만들어 왔었던 것이고 차마 올드 원이라고 해도 거기까지는 어쩌지 못했던 것이다.

두 신의 전쟁이 새로운 신을 만들어 내고 있는 것이다. 바로 나를!

*　　　*　　　*

올드 원이 소망하였던 진 엔딩은 이미 실패로 돌아간 상태다.

진 엔딩은 놈의 옛 계획.

성 카시안의 변절이 계산되지 않은 계획으로서 지금 놈은 계획을 수정하기에 급급할 터였다.

다음 장에서도 그다음 장에서도 익숙한 이름들이 눈에 띄었다.

예언편 하나에서는 더 그레이트 화이트가 살아 있었는데, 둠 카오스와 올드 원을 충돌시키기 전에 내가 대적했던 것은 그린이 아니라 바로 그 화이트였다.

　남은 예언편들은 이제 쓸모없는 기록임이 틀림없어졌다.

　"너희 선조들은 꽤 많이도 모아 놨구나."

　늙은 드워프는 기다렸다는 듯이 대답했다.

　"성 카시안께서 악신에게 항전하시던 태초, 가장 많이 희생되었던 게 우리 일족이었습니다."

　성 카시안과 올드 원의 전투는 옛 드워프들이 전통적으로 차지하고 있었던 지역에서 벌어졌었다.

　성 카시안의 기록물이 낱장으로 찢어져 흩어졌다면 그 인근으로 제일 많이 뿌려질 수밖에 없었던 것이었다.

　마저 남은 기록물들을 훑어봤다.

　전황편과 예언편은 나를 설득하기 위한 구성으로 상단에 준비되어 있었던 한편, 그것들 뒤로는 모조리 교습편이었다.

　설계도들이 꾸준히 유입되기 시작했다. 그러다 한 시점에서였다.

　　[성 카시안의 기록물 중 일부

　　분류: 교습편

　　출처: 종족 ― 드워프

　　대상 ― 킹, 포이어]

[설계도 '마공학 방어 장치(SS－1)'를 획득 했습니다.]

그것을 드워프의 얼굴 앞으로 늘어트렸다.

"결계로군?"

순간 일어난 기쁜 마음을 감추면서 물었다. 보물은 따로 있었다.

올드 원의 진 엔딩 따위도 숱하게 확보된 설계들조차도 이것에 비하면 아무것도 아니다!

"무엇도 빠짐없이 바쳤습니다."

"말해 봐라. 너희들의 결계는 나로부터 안전할 것 같은가?"

뛰는 심장을 짓누르면서 나온 말이라 이가 갈리듯 뱉어졌다.

그렇지 않아도 이 늙은 드워프는 한 마디 한 마디에 신중을 기해 왔었다. 이번에 나와야 할 그의 대답은 특히나 긴 공백을 가지고도 나오질 않고 있었다.

결계를 타격했던 당시, 나는 결계에게서 스킬의 작동 방식과 비슷한 느낌을 받았었다.

스킬이 스스로 충전되듯이 이것들의 결계는 자체적으로 복구하는 힘이 실려 있었다. 드워프가 차마 대답하지 못하는 건 그래서였다.

어떠한 대답이든 나를 도발하는 결과를 낳을 테니까. 그로서는 진퇴양난의 순간일 것이다.

"대답은 들은 것으로 하지."

내가 그렇게 대답하자 드워프의 동공에선 더 큰 파문이 번졌다.

나는 혼란스러워하는 그를 내버려 두고 한 영역으로 돌입했다.

[시스템 관리자 모드에 돌입합니다.]

[설계도 '마공학 방어 장치(SS-1)'를 확대 합니다.]

태고의 문자, 성 카시안의 필체에 의해 쓰인 문장들이 시선을 채워 나갔다. 실제로 설계도라 할 만한 그림도 있었다.

거기에서 내가 수정할 영역은 그리 어려운 게 아니었다. 무형무색(無刑無色)의 결계. 결계 자체의 능력은 그대로 두고, 단지 거기에 씌워지는 색채만 투명하게 바꾸는 것이다.

작동 원리를 탐구해야 할 필요 따윈 없었다. 신성의 영역이 무엇인가.

무한한 가능성. 내 생각에 동조한 그 반응들이 시작됐다.

글자 하나하나가 생명이 깃든 듯이 꿈틀거려 댄다. 도면에도 미세한 변화가 일어났다.

설계도 전체에 활력이 깃들었다.

[설계도 '마공학 방어 장치(SS – 1)'의 수정을 완료
하였습니다.]

때에 맞춰 손을 펼쳤다.

['오딘의 기록물'을 생성 합니다.]

고작 종이 한 장을 만들어 내는 것뿐이다. 빠져나간 경험
치는 수치로 환산되지도 않는다. 하지만 거기에 담긴 내용
만큼은 어떤 경험치를 투입시켜도 아깝지 않은 것이리라.

성 카시안의 기존 기록물에서 약간만 수정을 거친 결과
물이 손바닥 위에서 피어났다.

[오딘의 기록물 (잡화)

본토의 종이 위에 드라고린어로 된 문장과 다양한
그림들이 빼곡합니다. 성 카시안의 한 기록물에서 약간
의 수정을 거친 복사본에 가깝습니다.]

"아……."

드워프는 경이로운 시선으로 그것을 바라보고 있었다. 본인도 모르게 입을 쩍 벌리고는 부쩍 커진 눈을 껌벅거려 댄다.

공간을 뚫고 튀어나오는 게 아닌, 일점(一點)에서 면으로. 그렇게 한 장의 종이가 완성된 광경을 두 눈으로 보고 말았을 때 드워프가 떠올릴 수 있는 단어는 역시 '창조'일 것이다.

어디 종이뿐인가.

1레벨짜리의 육신을 새로 만들어 내는 데에도 큰 힘은 들지 않을 일. 드워프의 영혼을 재료로 삼는다면 이 늙은 드워프를 똑같이 복사해 낼 수도 있을 것이다.

같은 기억을 품고 있는 둘이 서로가 진짜라고 우기고 말 망상은 이제 더는 망상으로만 끝나는 게 아니었다.

올드 원은 이런 힘을 내게 떨어트리고 말았다.

"네놈은 드워프 일족 전체를 대변하고 있다 하였다."

내가 말했다. 드워프의 시선은 그제야 본래대로 돌아왔다.

"그렇습니다."

"그렇다면 이 자리에서 바로 결정을 내릴 수도 있겠지."

복사물을 건네며 말했다. 드워프는 떨리는 손으로 그걸 받았다.

그는 복사물에 담긴 약간의 변화를 눈치챈 것 같았다.

"놀랄 것 없다. 나는 네게 자비를 구할 수 있는 기회를 주고 있는 것이다."

"……말씀하소서."

"내 본토에 그 장치를 둬야겠다. 재료는 이미 너희들이 충분히 확보한 듯 보이는군. 내 본토의 크기는 너희 지저 (地底)의 영역보다 크다. 재료가 모자란다면 따로 충당해주도록 하지."

"그건 저희들의 결계를 거두라는 말씀과 다르지 않습니다."

"나를 막고자 만든 결계가 아닌가. 내 자비를 구한다면 쓸모는 다한 셈이지. 너희들의 장치를 손봐 내 본토로 이전시키는 것만으로 너희들은 나로부터 자유로워질 수가 있다. 이만하면 서로에게 만족스러운 거래가 아니냐."

"생각할 시간을 주십시오……."

"분명 네 입으로 네가 일족을 대표하고 있다 했다."

"저희들의 결계는 당신을 막기 위해서만이 아니었습니다."

"예언을 알고 있는 것치고는, 생각이 꽉 막힌 자로구나. 신중한 것이 아니라 둔한 것이다. 내가 아니고서야 어떤 것들이 너희들에게 위협이 될까. 오크냐. 엘프냐. 그린우드 종들이라면 더 말할 것도 없지.

악신 올드 원의 하수인이라고 해 봐야 더 그레이트 레드 밖에 남지 않았다. 정령왕들마저 내 여자를 상대하는 것만으로도 벅찬 지금이다.

너희들은 이제 지저의 삶을 그치고 지상으로 나와도 문제 될 게 없는 것이지. 오로지, 내가 너희들을 자유롭게 해 준다면."

늙은 드워프는 내 말을 진지하게 받아들였다. 지상으로 나와도 문제가 없을 거라고 말해 주었을 때, 드워프의 두 눈은 더욱 깊어졌다.

그에게 생각할 시간을 주었다.

일족의 운명을 지고 있는 무게감을 누구보다 잘 알고 있기 때문이었다.

이렇게까지 기회를 줬는데 거절한다면 그땐 어쩔 수 없는 것이다.

결계를 부수진 않는다. 아까운 마석만 소비되는 일일 테니까. 게이트가 열릴 다섯 밤을 기다렸다가 진입하는 수밖에.

드워프는 복사물을 바라보다가 천천히 나를 올려다보았다.

결정을 끝낸 눈이었다.

"한 가지 조건이 있습니다."

뭐 조건?

빠직!

혈관이 이마를 뛰쳐나오려는 게 느껴졌다.

두통은 꼭 궁극의 영역에 돌입할 때만 얻는 게 아니었다.

"부디, 저희들의 신이 되어 주십시오."

"……."

"숭배를 허락해 주십시오. 당신께서 약조를 지키지 않으실 거라 의심해서가 아닙니다."

"내 위에 누가 있는지 모르지 않을 텐데? 나를 숭배한다는 것은 마신 둠 카오스를 섬기는 것과 하등 다르지 않다."

"저희들에겐 당신만이 유일할 것입니다. 부디, 허락해 주소서."

"그래, 좋다. 나를 숭배하고 말고는 자유에 맡기지. 하지만 내가 너희들을 위해서 뭔가를 해 주는 일은 없을 것이다."

"자유를 주신 것으로 족합니다."

"그거야 두고 보면 알겠지."

[게이트 생성을 시전 하였습니다.]

절대 전장을 거두며 본토로 통하는 통로를 열었다. 그 즉시, 초열의 열기가 확 미쳤다.

난입해 온 불타는 눈은 나를 확인하자마자 주변을 노려보았다. 엔더에 미친 신속한 동작. 그는 화염옥을 터트리며 나왔다.

사방 일대에서 자라난 초열의 불길들이 온 시야를 막기에 이르렀다.

화르르륵—

초열의 불길들은 내 벼락 줄기들처럼 그의 의지에 동조하고 있었다.

이내 조나단의 시선이 내게로 고정되었다. 아직도 경계심이 꺼지지 않은 채였다.

그가 고개를 한번 튕겨 보였고, 나는 고개를 저어 보였다.

"그런데 이것은 뭐냐?"

조나단이 드워프를 죽일 듯이 내려다보며 물었다.

Chapter 5.

"잠깐만 기다려 주시죠, 이 기자님. 제가 일이 좀 있어서."

이수원은 자리를 비우는 담당 검사의 뒷모습을 바라보았다. 실내의 수사관들은 이쪽으로는 일절 신경 쓰지 않고 있었다.

오늘로 두 번째였다.

어제 이수원을 검찰청으로 불러낸 검사는 그가 들어오면 자리를 비웠고 퇴근할 시간이 되어서야 나타나 내일 다시 오라고 말했었다.

'오늘도 같겠지…….'

이수원은 이게 무슨 경우인지 모르지 않았다.

길들이기.

검사들이 사회적 지위가 있는 자들을 취조할 때 흔히 쓰는 기법이 바로 이것이니까.

하지만 알면서도 조바심이 드는 건 어쩔 수 없는 일인 것이다.

이수원은 불안한 눈길을 아래로 내려트렸다. 그의 손에는 오늘도 검사실로 들어오면서 가지고 들어온 서류가 들려 있었다.

「출석요구서

사건번호 : 2018 형제 124890호
수신 : 이수원
귀하에 대한 명예훼손 피의사건에 관하여 문의할 일이 있으니 2018.10.24. 오전 11시에 우리청 409호 검사실로 출석하여 주시기 바랍니다.

1. 출석하실 때에 이 출석요구서와 반드시 주민등록증(또는 운전 면허증) 및 도장, 그리고 기타 귀하가 이 사건과 관련하다고 생각하는 자료를 가지고 나오시기 바랍니다.

2. 이 사건과 관련하여 귀하가 전에 충분히 진술하

지 못했거나……

　서울 중앙 지방 검찰청. 검사 김진승 」

　이수원이 그걸 바라보면서 생각에 잠겨 있을 때, 그의 핸드폰에서 짧은 진동이 울렸다.

　그가 일어나며 말했다.

　"담배 한 대 태우고 오겠습니다."

　그러나 검사실 안 누구도 그에게 대꾸하지 않았다.

　애초에 이수원과 말을 섞지 말라는 담당 검사의 지시가 있었던 것이다. 이수원은 올가미가 점점 자신을 옭매어 오는 걸 느끼며 발걸음을 서둘렀다.

　그는 적당한 벤치를 찾아 앉아 핸드폰부터 꺼내 들었다.

　〈 의원님, 접니다. 이 기자. 〉

　〈 담당 검사가 김진승 검사라고 했지요? 〉

　〈 맞습니다. 〉

　〈 복귀한 지는 얼마 안 된 양반이라는데, 원래 권 부장 라인이었답니다. 〉

　〈 대검, 권 부장 말씀이십니까? 〉

　〈 그래요. 〉

〈 그 양반 일파는 전부 다 나가리 됐잖습니까. 〉

〈 그렇기는 한데…… 김진승 검사가 거물 스폰서를 물고 금의환향했어요.〉

〈 금의환향이라면 청와대까지 올라갑니까? 〉

〈 더 위예요. 평창동. 〉

이 나라 정재계의 흑막.

재통령의 안가가 평창동에 있다.

현 대통령이 취임하자마자 제일 먼저 들른 곳이 평창동이라는 말이 돌 정도로, 평창동은 이 나라의 제일 성역이나 마찬가지였다.

거기에서 직접 관리하고 있는 검사가 자신의 담당 검사였다.

이수원의 표정은 더욱 심각하게 굳어졌다.

〈 그래서 더 알아볼 수는 없었어요. 이해하시죠?〉

〈 지금만으로도 많은 신세 졌습니다. 〉

〈 몸조리 잘하라는 말밖에 해 줄 것이 없네요. 미안합니다, 이 기자. 〉

사건 번호 '2018형제124890호'는 세계에 한창 0.001%

의 운동이 확산되던 당시, 그때 작성했던 기사에서 비롯된 사건이었다.

전 세계가 조나단 투자 금융 그룹에 포화를 퍼붓고 있을 때였고 이 나라에선 전일 그룹이 타깃이었다.

이수원과 그의 많은 선후배들이 그 시류에 편승했었다.

세계의 부를 독점했다는 이유로 조나단 헌터는 대역 죄인처럼 다뤄졌었다. 그러나 그는 이제 인류의 수호자라고 불리고 있다. 전일 그룹을 향했던 그 많은 지탄들도 함께 사라졌다.

그래서 이수원은 전일 그룹이 조용해진 시국을 틈타 보복의 칼을 뽑았다고 생각했었지만, 그 일로 불려 온 건 결국엔 그 혼자뿐이었다.

더 깊숙이 관련된 그의 선후배들은 검찰에서 어떤 연락도 받지 않았다.

그러니 분명했다.

'전일 그룹 건 때문이 아닌데⋯⋯.'

어쨌든 이 나라 어디에서 재통령보다 더 높은 빽을 찾을 수 있겠는가.

'칼리버의 아들쯤이 되지 않고서야⋯⋯.'

인맥을 총동원해도 검찰 망을 피할 수 없게 된 것을 알게 된 이수원은 미래를 진지하게 생각했다.

검사들은 죄를 덜어 주는 사람들이 아니다. 없는 죄도 있게 만드는 것에 있어 최고의 능력자들이다.

그뿐일까. 그들은 자존심을 무너트리는 데에도 일가견이 있는 자들이다. 수사 과정 중에 검사실 창밖으로 몸을 던진 이가 한둘이 아니었다.

이수원은 기자 된 경력으로 곧 겪게 될 미래가 눈에 선했다.

지금에야 길들이기 작업 중이라지만, 거기에 순응해 버리고 나면 그때부터는 비로소 온갖 인신공격이 시작될 거란 말이다.

　「 선배. 곤경에 처하셨다는 말을 들었습니다. 마음
　굳건하게 잡수세요. 」

그때 날아온 문자 메시지는 하등 도움이 되지 않았다.

연락도 받지 않고 그저 위로랍시고 날리는 메시지 따윈!

이수원은 아내가 출산했을 때를 떠올렸다.

자연분만을 고집하던 아내는 결국 난산에 의해서 제왕절개 수술을 하고 말았었다.

검사실에서도 마찬가지리라. 취조는 취조대로 다 받고 결국 검사의 의도대로 되고 말 일.

이수원은 자백하기로 결심했다.

무서운 일이지만 세계 각성자 협회로 끌려가지 않으려
면……

최대한 선처를 바랄 수밖에.

＊　　　＊　　　＊

"시간이 벌써 이렇게 되었네요. 내일 다시 와 주시겠습
니까?"

검사 김진승은 오후 6시를 5분 앞두고 나타났다.

"다 말씀드리겠습니다. 검사님."

이수원은 착잡한 얼굴로 말했다.

"뭘 다 말하겠다는지, 모르겠네요. 들어는 봅시다. 다른
분들은 퇴근하세요. 오늘도 고생 많았습니다. 내일 봐요."

사무관들이 검사에게 인사를 하고 떠난 후.

이수원과 검사는 테이블 하나를 사이에 두고 마주 보았다.

"이 기자 외조카가 칼리버 님과 인연이 깊다 들었습니다?"

"강자성이를 말씀하시는 거라면 맞습니다."

"그럼 이 기자도 각성자 가족이라면 가족이라 할 수 있
는 것인데…… 일단 이건 치웁시다."

검사는 사건 번호 '2018형제124890호'에 해당하는 서
류들을 한쪽으로 치웠다.

그러고는 본인의 서랍에서 직접 자물쇠를 열고 새로운 서류철 하나를 끄집어냈다. 제목은 따로 부착된 것 없이 세계 각성자 협회의 직인만 크게 찍혀 있었다.

그걸 본 이수원의 두 눈은 무겁게 감겼다 떠졌다. 역시나 세계 각성자 협회와 검찰청이 공조를 이루는 극비 수사가 맞았다.

"이 기자도 잘 알 겁니다. 이 자리에서 다 밝히는 게 이 기자 신상에 이롭다는 것을요. 협회로 넘어가면 어떻게 진행되는지는 두말하지 않겠습니다."

그러면서 검사는 서류철에서 서류 한 장을 꺼내 보였다.

거기에는 두 개의 이미지가 인쇄돼 있었다.

"본 적. 있어요, 없어요?"

지구에는 없는 종족. 키는 작지만, 스테로이드를 달고 살지도 모른다는 오해가 들 정도로 근육질로 밀집된 종족이었다.

이미지 하나에서는 그들 드워프가 협회 관계자들과 대화를 나누고 있었다. 다른 하나에서는 드워프들이 무리를 지어 한 번도 본 적이 없는 장치들을 옮기고 있었다.

이수원이 말했다.

"23일경에 메일 한 통을 받았었습니다. 암호화된 메일이었고 발신자가 사용한 메일 주소 또한 한 번도 본 적이 없던 것이었습니다."

이수원은 메일 주소를 적어 검사에게 내밀었다. 검사는 그것을 서류철에서 또 꺼낸 다른 서류와 대조하고는 고개를 끄덕거렸다.

"협회에 내부 정보원을 심어 둔 게 아닙니다. 저는 그럴 깜냥도 되지 않죠. 그 메일은 예기치 못한 것이었습니다."

그때 검사가 보고 있는 서류는 이수원이 언급한 메일을 그대로 인쇄한 것이었다.

영장이 발급되었다고 이수원에게 고지된 적은 없었다. 그럼에도 검사는 불법 자료일 수 있는 그것을 구태여 감추지 않고 이수원이 볼 수 있게 내려놓았다.

하지만 이수원에게는 그것이 불법으로 확보된 것이든 아니든 상관없었다.

하단에 십수 개의 이메일 주소가 보였다. 그것들 하나하나는 이수원도 잘 알고 있는 해외 언론인들의 대표 이메일이었다.

보아하니 협회는 내부 자료가 유출되자마자 이를 즉각 눈치채고 정리까지 빠르게 끝낸 것 같았다.

수사 단계가 아니라 수사 종결.

"유출자는 메일에 '세계 각성자 협회가 이계에서 위험해 보이는 정체불명의 시설들을 들여오고 있다.'라고 명시해 두었습니다. 이 기자가 작성한 원고에서도 동일한 문구가 발견되었습니다."

그 순간 이수원은 할 말을 잃었다.

메일이야 한국 회사의 서비스를 이용했다지만, 원고를 저장해 놓은 곳은 나노 소프트의 클라우드 서버였기 때문이다.

물론 세계 각성자 협회가 UN 회원국들과 맺은 불공정 협정을 보면 이런 사찰이 가능할 순 있었다. 그래서 말도 많았던 것이고.

그걸 직접 체험하게 된 이수원으로선 피가 말라 가는 기분이었다.

정말로 여기서 잘못되면 공범으로 낙인찍힌다. 협회 재판장에 세워질 것이며 거기에선 어떤 변호도 받지 못한 채 북미의 악명 높은 협회 교도소로 끌려갈 일이다.

"이 기자."

"예. 검사님."

"온라인 서버 외, 다른 저장 매체를 사용하여 저장해 둔 원고가 있습니까?"

"없습니다. 그 원고는 기고할 마음으로 작성한 게 아니라……."

"기고할 마음도 없는데 그런 원고를 왜 작성해 둔 거죠?"

그러던 문득, 이수원은 검사가 조서를 꾸미고 있지도 않다는 걸 깨달았다. 녹음기 하나가 끝이었다.

형식상으로나마 남겨 두는 서류조차 없다는 데에서 이수원은 이게 얼마나 무시무시한 일인지 가늠하기도 어려웠다.

5공 시절에도 이렇지는 않았다.

검사의 취조는 계속되었고 서류철에서는 새로운 자료들이 계속해서 튀어나왔다.

비공개로 설정해 둔 SNS상의 글은 물론이거니와, 속도 위반 카메라에 찍힌 과거 벌금 사진에서 조수석 쪽 검은 그래픽 처리는 존재하지도 않았다.

세무 처리 기록, 회사 인트라넷에나 있을 법한 출장 보고서까지.

이수원은 현재부터 과거까지 자신의 모든 게 낱낱이 까발려지는 자료들을 앞에 두고 있었다.

한참이 지난 뒤였다.

그때 이수원은 검사의 최후 통보만 기다리는 중이었다.

이수원의 시선은 빈번히 검사실의 창밖을 향했다. 정말로 사건이 협회로 이관된다면 저 창밖으로 뛰어내려 버릴 거라는 마음으로.

"사람이란 족속들이 뭐 눈에는 뭐만 보인다고. 협회의 정의로운 사업들을 곡해해서 보는 것들이 있기 마련입니다. 협회가 없었다면 이 기자나 나 같이 펜대로 먹고사는 것들은 손가락만 빨아야 했을 겁니다. 그 점 명심하시고, 이번 사건은 협회로 이관하지 않겠다는 의견을 보태겠습니다."

검사의 그 통보가 이수원에게는 천상의 목소리처럼 들렸다.

"……협회 쪽으로는 눈길도 안 돌리겠습니다."

"해외 출장 잡힌 것 없죠?"

"없습니다."

"있어도 못 나갈 테지만 당분간 집에만 있어요. 최종 판단은 협회에서 합니다. 일이 잘 해결되면 다시는 이런 불미스러운 사건에 연루되는 일이 없도록 주변 관리 잘하시기 바랍니다. 그건 그렇고."

검사는 한쪽에 치워 뒀던 서류들을 다시 끌어당겼다.

사건 번호 2018형제124890호. 전일 그룹의 명예를 훼손한 사건.

검사가 그 서류들을 훑어보더니 갑자기 돌변해 버린 시선으로 이수원을 노려보았다. 동시에 검사가 터트린 음성이 이수원의 안면을 강타했다.

"이수원, 당신! 아주 몹쓸 인간이었구만!"

그제야 이수원은 잠깐 잊고 있었던 사실을 깨달았다.

검찰청 전체는 전일 그룹의 충복이라는 사실을.

"왔군."

조나단이 기다리고 있었다.

오크들의 대륙에서 본토 본부로 복귀했을 때, 그때도 드워프들은 게이트를 끊임없이 오가며 부품을 옮기고 있었다.

그중에는 십수 명의 드워프들이 달려들어야 할 만큼 제법 완성된 것처럼 보이는 장치도 있었는데, 사실 그것도 하나의 부품일 뿐이었다.

지저의 왕국에서 분해하고 약간의 보완을 거쳐 여기로 들여오기까지 꼬박 삼 일.

그리고 내가 도착했을 때에는 장치의 핵심인 게 분명한 거대 부품이 옮겨지고 있었다.

그것은 40ft 컨테이너 박스를 연상케 하는 크기였다. 크기도 크기지만 부품 외부에 새겨져 있는 기하학적인 패턴을 시작으로, 그 안에 가득 차 있는 작은 부품들까지 정교하기 짝이 없었다.

곳곳에서 탄성을 막기 위해 제 입을 가리는 이들이 눈에 띄었다.

놀라지 않는 사람은 조나단이 유일했다.

"유출자가 있었다. 사진을 찍어 뿌렸더군."

조나단은 참관 중인 협회 간부진들을 응시하며 말했다.

워낙에 대형 공사인 데다, 포이어가 요구했던 준비도 있어서 완전한 비밀로 진행할 수는 없었던 것이다.

"저것들 중 한 놈이었다. 하지만 죽이진 않았어. 그런 자비를 베풀어 주기엔 너무나 괘씸했다."

조나단은 간부진들 쪽을 턱짓해 가리켰다. 어쩐지 그들의 태도나 분위기가 이상하다 싶었다.

후드로 얼굴을 가리고 있긴 하나, 이 지구상에서 조나단 옆에 나란히 설 수 있는 자는 나밖에 없었다. 간부진들은 내 시선을 느끼고 더욱 경직되었다.

그것들은 내가 손수 뽑은 자들이었다.

UN 같은 국제기구에서 능력을 인정받아 온 자. 퇴임한 외교관. 국가 보안 기관에서 기관장으로 5년 이상 재직해 본 자 등.

협회와 UN 회원국 간에 맺은 협정에서 오는 초(超)법적인 권력을 운영하기 위해선 비슷한 힘을 다뤄 본 경력자가 필요했었다.

하지만 그들 중에서 유출자가 나왔다는 게 그리 새삼스러운 일은 아니다.

내부 권력 싸움에서 본인에게 유리한 판을 짜기 위함이거나, 극히 희박한 경우로 제시카처럼 본인을 정의라고 여기는 신념에서 실행한 일일 것이다.

유출한 까닭에 대해서 묻자 역시나 첫 번째 경우가 맞았다.

그래서 조나단은 평소보다 더 열이 받아 있는 상태였던 것이다.

오죽하면 연희를 데려다가 저것들의 사상 검증을 해야 한다는 소리까지 나왔을까.

엊그제 터진 사건 탓에 분위기는 그렇게 무거웠지만 그건 어디까지나 협회 내부의 일일 뿐, 드워프들과는 관계가 없었다.

핵심 장치가 바닥에 놓아졌다. 포이어는 그 곁에서 고개를 숙여 보았다.

그가 멀리서 말했다.

"마공학자들을 데려오겠나이다."

드워프들의 세계에도 기득권층이 확실히 구분되어 있다.

포이어부터가 마석 공학에 능했다.

카시안이 남긴 기술은 몇 가지에 불과했지만 드워프들은 세대에 세대를 거듭하며 그것의 근원을 탐구해 왔었다.

일례로 성 카시안이 남긴 기술만으로는 지저 왕국 전역에 결계를 생성하지 못할뿐더러 균열이 자체적으로 메워지는 게 불가능했다.

게다가 그때그때 필요에 의해서 발전시켜 온 기술들은 또 어떻겠는가.

그간 부품들을 옮기는 데 동원되었던 드워프들은 단순 인부에 불과한 반면. 새로 들어오기 시작한 드워프들은 그들 세계를 다스려 왔던 가득권층, 즉 마석 공학을 독점하다시피 해 온 것들이다.

왕국 전역에서 차출된 게 분명하게도 그들의 의복 양식에는 조금씩 차이가 보였다.

그래도 인부로 동원되었던 드워프들과는 달리 신체를 많이 가리고 있는 점과 강도가 꽤 강해 보이는 섬유로 짠 옷을 입고 있는 점에서는 동일하다.

의복을 염색한 색채 또한 단색이 아니라 우리 인류의 시선으로 보기에도 촌스럽지 않았다.

드워프들을 보는 간부진들의 시선은 그때야말로 부쩍 달라졌다. 드워프 세계의 권력가들이 한꺼번에 들어오며 만들어 내는 위엄찬 분위기 때문이었다.

이윽고 그것들이 포이어 뒤에 나열해 섰다.

그러고는 일제히 내 쪽을 향해 고개를 숙였다.

나는 그것들을 향해 이런 손짓을 보냈다.

시작해라.

엔지니어로 들어왔지만, 그것들이 제일 먼저 한 일은 땅을 파는 일이었다.

조나단의 주문대로였다. 방어 장치의 거대함과는 관계가 없다. 지상으로 노출시킬 계획은 애초부터 존재하지도 않았다.

방어 장치는 지하 400미터 아래에 설치될 것이다.

직경 20미터에 이르는 굴이 지하로 뚫리기 시작하며 진동이 끊이질 않았다.

쾅쾅!

그것들이 해머를 휘두를 때마다 폭음이 터져 댔다. 조나단은 그 광경을 유심히 쳐다보고 있었다. 정확히는 마석이 박힌 해머.

더 정확히는 해머에 새겨져 있는 회로에 시점이 맺혀있었다. 사용될 때마다 마석에 깃들어 있던 기운들이 회로를 돌면서 특정 성능을 발휘하는 것이었다.

"뻔하군. 필시 저것들로 제 백성들을 때려잡아 왔을 것이다."

마공학 해머에 대한 그의 평가는 나와도 일치했다.

조나단이 인지할 수 있는 영역은 딱 거기까지일 수밖에

없었다.

감각이 엔더 구간에 이른 그였어도, 사용된 마석 에너지가 이후 허공에서 어떻게 흩어지는지는 느끼지 못하고 있었다. 거기부터는 수련을 통해서만 획득할 수 있는 영역이니까.

내가 말했다.

"감각을 최대한으로 끌어올려서 집중해 봐. 당장은 어려울 테지만 그 경험이 누적될수록 어느 순간에 임계점이 온다."

"어떤 임계점을 말하는 거냐?"

"마나, 마석에 깃든 생명력 그리고 우리들의 힘. 모든 에너지들의 흐름에 대해서다. 흐름을 느낄 수 있게 된다면 몰입을 통해 내부 세계의 구성에도 익숙해져야 한다. 상태 창에 뜨는 능력이 전부가 아니란 말이지."

마저 들려주었다.

"외부의 흐름과 내부 세계의 구성에도 익숙해지고 나면 그때부터는 내 본연의 에너지를 자유자재로 다룰 수 있게 되지.

시스템에 의존하지 않고도 스킬을 강화시키거나 새로운 스킬을 만들어 낼 수 있다는 거다. 스킬을 제거하고 그 에너지를 순수 능력치에만 집중시킬 수도 있지. 상황에 따라 자유자재로.

하지만, 조나단.

거기까지 도달하는 데에는 많은 세월이 투입되어야 한다. 결국 시간에 제약을 받지 않는 환경이 필요해. 정신계 길잡이가 필요할 거다. 일이 끝나는 대로 필요한 자를 불러들여."

조나단의 반응은 예상과 달랐다. 심각한 눈빛을 띨 줄 알았는데 도리어 내 말을 음미하듯 만족스러운 모습을 보이는 것이었다.

"그러마."

그는 나와 함께 싸울 날을 고대하고 있었다.

*   *   *

폭음도 진동도 멈췄다.

파내어진 흙과 암반들이 산처럼 쌓였다. 드워프들은 땅굴을 파 내려가는 동시에 지지대를 만들었는데, 그것이 사다리 역할도 하는 것 같았다.

드워프들이 땅굴 속에서 올라와 부품들을 짊어지고 다시 내려가길 반복했다.

불과 몇 시간 만에 직경 20미터, 깊이 400미터의 땅굴이 완성되는 광경을 눈앞에서 본 간부진들은 놀라움을 금치 못했다.

또 기존의 상식으로는 지하 수맥을 어떻게 처리했는지도 설명될 수 없는 일이라서, 그 건을 두고 속닥거리는 말들이 많았다.

이윽고 조나단이 간부진들을 한자리에 불러다 놓고 말했다.

"오딘께서 직접 들여오신 장치다. 너희들의 안전을 보강시켜 줄 장치지. 이 장치가 완성되고 나면 습격이 멎을 것이다.

이제 너희들도 이 장치가 무엇인지 알게 되었다. 극비로 다뤄질 사안이라는 데에도 동의하겠지. 잠음까지는 용납하겠다.

하지만 보다 구체적인 내용이 외부로 발설되는 일이 발생한다면 그땐 너희들 전체가 연대 책임을 피하지 못할 것이다. 그땐 너희들을 나와 같은 인류라 생각지 않을 것이다.

내 적들에게 하듯이 너희들에게도 똑같은 대접을 해 줄 것이다."

조나단의 엄포에서 간부진들이 떠올렸을 광경은 틀림없었다.

조나단이 오크들의 녹은 시신을 밟으며 세간에 모습을 드러낸 것이 불과 며칠 전의 일이었다.

그전에 있었던 기자 회견에서도 조나단은 그의 경고대로 전장으로 떠나지 않은 각성자들을 직접 추살했으며, 지금 당장 간부진들을 노려보는 시선에서도 살의가 진하게 묻어나왔다.

그의 눈빛은 날이 갈수록 매서워지는 것 같다.

"공식적으로 드워프들의 왕과 그 무리들은 본토에 오지 않은 것이다. 이번 공사는 인프라 증축에 불과한 것이다."

"명심하겠습니다."

"들여보내."

조나단은 그 말을 끝으로 간부진들을 되돌려 보냈다. 그때부터 간부진들은 포이어가 협회에 요구했던 것들을 준비하기 시작했다.

일대에 크게 둘려진 가림판 바깥으로 차 소리들이 요란해졌다. 전장 경험이 있는 용병들이 파이프를 직접 끌어왔다.

그쯤에서 나는 땅굴 쪽으로 자리를 옮겼다. 아래로 핵심 장치의 상부에 달라붙어 있는 드워프들이 보였다.

포이어도 거기에 있었다.

"가동시키도록."

내 목소리가 메아리쳤다. 드워프들이 지지대를 타고 허겁지겁 올라왔다.

포이어가 제일 마지막이었고 얼굴엔 피로감이 굉장했다. 그와 드워프들이 널브러지다시피 주위로 흩어진 후. 슬슬 조짐이 일었다.

우우웅.

거대 장치가 본격적으로 시동을 거는 소리는 오랫동안 봉인된 어느 괴수가 잠에서 깨듯 시작됐다.

포이어가 소리쳤다.

"지금(Diar)! 지금(Diar)!"

드라고린어로 토해진 지시였어도 용병들은 즉각 반응했다.

그들이 파이프를 힘 있게 개방시켰다. 거기에서 쏟아져 나온 물들이 저 깊은 지하로 폭포처럼 떨어져 내렸다.

촤으으으—

수증기가 치솟아 올라오는 시점에서 아래로 뛰어내렸다.

거대 장치는 정말로 온몸을 다해 울음을 토해 내고 있었다. 제 열기를 식혀 줄 물이 쏟아져 내리는데도, 즉각 즉각 증발시켜 대며 고통을 호소하듯 굴고 있었다.

지저 왕국 전체를 지키고 있던 에너지가 응집되어 있지 않은가.

장치가 안정을 찾아갈 무렵.

그렇게 많은 물이 투입되었음에도 불구하고 근처에 물이라곤 한 방울도 남지 않았다.

[마공학 방어 장치의 주인이 설정 되지 않았습니다.]

포이어가 예고했었던 과정 중의 하나가 메시지로 나타났다.

그에게는 메시지로 직접 뜨는 일이 없었을 테지만, 분명한 건 이 장치의 관리자 격인 이가 존재해야 한다는 것이다.

지저 왕국에서는 포이어가 그 역할을 수행해 왔었다.

"본토를 잘 부탁한다."

녀석의 머리를 쓰다듬어 주었다. 그때 녀석은 한 번 더 울음을 토했다.

외부의 섬세한 패턴들에서 일제히 빛이 발했다.

[마공학 방어 장치의 주인으로 '시스템 관리자, 오딘'이 설정 되었습니다.]

[마공학 방어 장치가 결계를 형성합니다.]

지상을 향해 개방되어 있는 원형의 한 부품 쪽.

거기에서 폭발해 버린 기운은 나를 긴장시키고도 남았다.

순간적으로 뒤로 밀려 벽 쪽으로 등이 닿아 있었다. 나는 호흡조차 멎었다.

끝없이 위로 솟구치는 기운들. 육안으로 보이지 않을 뿐이지 감각망에서 그것은 마치 빛기둥처럼 지하와 천공을 하나로 잇는 거대한 줄기를 형성하기에 이르렀다.

그것이 그렇게 솟구치듯이 마음 깊숙한 곳에서도 뭔가가 치밀어 올랐다.

울분인지, 희열인지…….

당장은 가늠이 되지 않는 그 감정이 나를 한참 동안이나 떨게 만든다.

올드 원과 둠 카오스로부터 완전히 자유로워진 것은 아니었어도 내가 주관하는 힘이 본토의 상공을 채워 나가고 있는 것이었다.

여기에서부터 부모님이 거주하시는 서울까지.

그렇게 이 나라 한국에서부터 힘이 닿는 한도까지 빠르게.

[결계가 완성 되었습니다.]

이를 악물었다.

두 주먹도 있는 힘껏 쥐었다.

그렇게 하지 않고서는 감정의 소용돌이 속에서 빠져나오지 못할 것 같았다.

그러던 그때였다. 이 감격의 순간에 어김없이 훼방을 놓는 것이 있었다.

둠 카오스!

[전지전능한 당신의 주인, 둠 카오스가 군주들의 회
의를 소집 하였습니다.]

[엿 같은 둠 카오스가 군주들의 회의를 소집 하였습
니다.]

하지만 나를 잡아끄는 힘은 나타나지 않았다. 그럴 수밖
에!

제힘을 다해 침공해 올 생각이 아니라면 놈이 할 수 있는
거라곤 재촉뿐이다.

[군주들의 회의에 참석 하십시오.]
[군주들의 회의에 참석 하십시오.]
[군주들의 회의에 참석 하십시오.]

어쨌거나 나 역시 기다려왔던 바다.

*   *   *

둠 카오스가 앉아 있는 절대 권좌.

많은 빛줄기들이 칠흑의 외벽을 뚫으며 그 정점으로 쏠
려 있다.

둠 카오스와 직면했었던 일전에는 거기에서 미치는 빛 때문에 눈을 제대로 뜰 수가 없었다.

하지만 지금, 거대한 그림자가 둠 카오스와 내 사이를 가로막고 있었다. 둠 카오스에게서 발산되는 빛이 역광으로 작용되고 있어 둠 아루쿠다의 모습은 실루엣으로만 보였다.

거기에서 제대로 보이는 것이라곤 상대적으로 작은 아가리뿐이었다.

움직이고 있기 때문이었다. 둠 아루쿠다는 그 작은 아가리로 뭔가를 끊임없이 씹고 있었다.

놈은 순수 덩치로만으로도 카소에 밀리지 않았다. 그런 몸으로 웅크리고 있는 실루엣은 마치 둠 카오스가 기르는 투견 같은 꼴이었다.

곧 저 계단 아래로 조슈아와 연희의 기척이 나타났다. 하지만 둠 카오스가 내 일거수일투족을 주시하고 있기에, 그쯤에서 나도 자세를 낮췄다.

그리고 나서야 나를 내려다보고 있던 둠 아루쿠다의 실루엣도 정점을 향해 돌아섰다.

그때였다.

둠 카오스에게서 무형(無形)의 기운이 쇄도해 날아와 나를 스치고 지나갔다. 그것은 장막 전체를 뚫고 더욱 아래로 날아갔다.

공격적인 기운은 아니었다. 의념의 집합체인 것 같았고 그게 맞았다.

"저 둠 마리가 회의를 주관합니다."

아래에서 내 여자의 목소리가 올라왔다. 근 3개월 만에 듣는 목소리.

우려와는 달리 건강했다.

둠 카오스의 의념이 파장을 일으키며 한 차례 더 떨어진 후였다.

"그간 우리들의 주인이신 둠 카오스께선 우리 군주들에게 많은 걸 용납해 주셨습니다. 우리들의 당연한 욕구를 인정해 주셨지요.

하지만 주제도 모르고, 둠 카오스 님의 관대함을 시험해온 것들이 있습니다. 둠 인섹툼이 그러했고 둠 엔테과스토가 그러했습니다. 그리고 오늘……."

둠 카오스는 연희를 통해 자신의 목소리를 내보내고 있었다.

불길함이 몸에 달라붙는다.

둠 카오스가 회의를 긴급히 연 까닭은 나를 추궁하기 위함인데, 내 여자에게 그걸 전가하는 저의 역시 너무나 분명한 것 아닌가.

아니나 다를까.

"그리고 오늘······ 오늘······."

연희는 말꼬리를 흐린 그대로 말을 중단하고 말았다.

정점에서 느껴지는 조짐이 심상치 않았다.

황급히 아래를 쳐다보았다.

지저 왕국의 결계에서 왕국 내부를 들여다볼 때와 같이 저 아래 또한 장막의 검은 색채로 물들어 있었다. 그럼에도 불구하고 이쪽을 올려다보며 눈썹을 치켜세운 연희의 얼굴만큼은 뚜렷했다.

하나 미동 없는 조슈아와는 상반된 모습.

나는 둠 카오스의 분노가 연희에게 미치기 전에 얼른 목소리를 내려 했다.

그런데 그때 연희가 말을 이었다.

"······오늘 저 둠 마리가 둠 카오스 님의 관대함을 시험한 죄로 심판대에 서게 되었습니다."

뭐?

"저 둠 마리의 죄상을 고합니다. 첫째, 적들과 내통한 죄. 둘째, 고의적으로 지령을 완수하지 않은 죄. 셋째, 지령을 수행 중이던 상위 군주 둠 언데드를 방해한 죄.

그중 둠 카오스께서는 저 둠 마리에게 마지막 죄를 물으셨고 집행관으로 둠 언데드를 택하셨습니다. 형벌은 태형(笞刑)입니다.

둠 언데드는 형벌을 집행하세요. 지금."

바로였다.

"덤벼, 오시리스!"

연희의 외침과 동시에 조슈아가 몸을 일으켰다. 아래 계단으로 내려가는 조슈아의 모습에선 한 치의 주저함도 보이지 않았다.

연희도 단검을 말아 쥐며 조슈아를 대적할 준비가 끝나 있었다.

조슈아도 그렇고 연희 또한 못 본 사이에 더욱 강해진 상태였다.

그러나 출발점에서부터 차이가 분명했기 때문일 것이다.

연희가 끄집어낸 장비는 어느 정령왕에게서 얻어 낸 것으로 보이는 반면에, 조슈아의 손에서 자라난 악령의 채찍에선 엔테과스토의 악취가 물씬 풍겼다.

조슈아의 채찍은 엔테과스토가 나를 대적하며 사용했던 검과 그 형태는 달라도 거기에서 들려오는 소리만큼은 동일한 것이었다.

둥둥거리는 심장 소리.

틀림없다.

둥둥―!

채찍에서 울리는 그 소리는 엔테과스토의 심장 소리가

맞았다. 엔테과스토 특유의 붉은 색채 권능 또한 이제 조슈아의 차지가 되어 있었다.

그때 조슈아가 채찍으로 바닥을 내리쳤다.

[둠 언데드가 권능의 영역 '혼돈'을 펼쳤습니다.]

짜악—!

채찍이 바닥에 부딪힌 시점에서 붉은 투사체들이 튀어나왔다.

[둠 언데드가 죽음의 전조를 퍼트렸습니다.]

연희에게나 다른 군주들에게는 본인들이 죽여 왔을 수많은 자들의 얼굴로 보일 환영이었다. 마운과 카소가 황급히 길을 비킨 자리로, 그것들이 연희를 향해 일제히 쏟아져 나간다.

다시 보아도 그것들 하나하나에는 강력한 저주인 약자멸시(弱者蔑視)를 완성시키는 힘이 담겨져 있었다. 이보다 더한 증거는 있을 수 없었다.

조슈아는 엔테과스토의 남은 힘들을 전승하고 나타난 것이다.

게다가 연희에게 그 힘을 날려 보내고 시작한 것이나 연희 또한 정령왕의 어떤 힘을 끄집어냄과 동시에 두 눈알을 검게 물들이는 걸 보면……

둘은 절대로 연기를 하는 게 아니었다. 그리고 결과는 예정되어져 있다.

무자비한 채찍질이 가해질 것이다.

충성스러운 나의 조슈아로부터 내 여자 연희에게.

*　　*　　*

[* 시스템]

[시스템 관리자 오딘의 능력을 재구성 합니다. (리빌딩)]

[특성 '열정자' 가 제거 되었습니다.]

[감각 수치가 900(MAX)으로 상승합니다.]

[궁극의 영역으로 진입 하였습니다.]

"비겁합니다!"

아래로 몸을 던지며 소리쳤다. 장막을 뚫고 내려가는 바로 그 찰나였다.

반사적으로 방향을 틀어 버릴 수밖에 없게도 위협적인

공격이 등 뒤를 엄습해 들어왔다.

　　[특성, 질풍자가 제거 되었습니다.]
　　[특성, 예민한 자가 제거 되었습니다.]
　　[특성, 괴력자가 제거 되었습니다.]
　　[특성, 타고난 자가 제거 되었습니다.]

　　[민첩 수치가 900(MAX)으로 상승합니다.]

　허공을 밟아 멀리 뛰었다. 홍염의 방패와 은빛 창이 날아
와 잡혔다.

　　[* 둠 카오스 진영의 존재들을 대상으로 더 그레이
　　트 실버의 위력이 대폭 증가 합니다.]

　그때 공격을 피한 자리, 내가 장막 아래로 내려가지 못하
도록 거기를 걸치고 있는 자리에는 둠 아루쿠다가 있었다.
　과거 엔테과스토가 그러했듯 놈도 거추장스러운 거대 육
신을 나와 비등한 크기로 축소시켜 놓은 상태였다.
　둠 카오스 밑에서 조아리고 있었던 꼴도 투견 같았는데.
　두 다리로 딛고 일어선 모습 역시 같은 인상을 받았다.

놈의 전신에 달라붙어 있는 근육들은 비정상적이라 할 만했다. 승모근부터가 놈의 하관에 닿을 정도로 부풀어 있다. 배는 금방에라도 터져 버릴 것처럼 단단하게 불룩 솟아 있었다.

뭔가를 계속 씹어 대는 작은 아가리에서는 침이 흘러나온다.

상대적으로 비대한 얼굴 크기는 또 어떤가. 옆으로 퍼져 있는 그 커다란 얼굴을 대부분 차지하고 있는 건 두 눈알이었다.

놈과 눈이 마주치자마자.

둠 아루쿠다를 숭배하라.
둠 아루쿠다를 숭배하라.
둠 아루쿠다를 숭배하라.

놈의 목소리가 부딪쳐 오다가 흩어졌다.

[둠 아루쿠다의 고유 권능 '영혼의 숭배'가 파훼되었습니다.]

하지만 놈의 괴기한 모습이나 막혀 버린 권능으로 놈을

얕잡아 볼 순 없는 것이었다. 놈이 내게 진심을 다하지 않고 있다 느껴졌고 그게 맞을 테니까.

놈은 계속 씹어 대는 그 행위에 집중하고 있었다. 나를 주시하면서도 딴생각을 품고 있다.

그런 여유를 부려도 나를 막기에 충분하다 여기고 있을 터였다.

과연 놈의 부푼 배 속에서 느껴지는 오만 가지 힘들이나 놈의 아가리 속에서도 느껴지는 정체불명의 힘은 정녕…….

그때 연희의 중심이 무너지는 게 보였다.

[둠 마리가 둠 언데드의 부정 효과 '약자멸시(弱者蔑視)'에 피습 되었습니다.]

조슈아는 그런 연희를 내려다보는 자세로 채찍을 높게 들어갔다가 내리쳤다.

살점과 핏물이 튀었다. 그것들은 시간이 멈추다시피 한 영역 안에서 허공 그 자리에 고정되었다. 두통이 더욱 찌릿해졌다.

채찍이 또 내려쳐지고 있었다.

"멈춰라! 조슈아! 멈춰!"

[발키리를 생성 합니다.]

……

[발키리를 생성 합니다.]

순간적으로 발키리들의 여러되 단단한 뒷모습이 시야를 가리며 나타났다.

밀집 대형을 이룬 발키리 백.

잠깐 가려졌던 시야는 그 소환물들이 아루쿠다를 향해 쇄도해 날아가면서 개방되었다. 그 틈에 나는 아래로 내려가 조슈아를 저지할 생각이었다.

발키리들은 아주 잠깐만 아루쿠다의 시야를 혼란스럽게 만들어 주면 되는 거였다. 그 이상은 기대하지도 않았건만.

그때 아루쿠다의 눈알을 창구로 삼아 튀어나온 것은 더 그레이트 그린의 반투명한 앞발이었다.

쇄아아악!

그것은 나타나자마자 굉장한 크기로 사방을 휩쓸었다. 아래로 뛰어내리던 나까지 또다시 더 높게 방향을 틀 수밖에 없게 만들었다.

그렇게 의도치 않게 둠 카오스와의 거리가 가까워졌다. 그때 내려다본 아래는 연희 주위로 살점과 핏물들이 더 흩어져 있었다.

이쪽이 보이지도 않겠지만 조슈아는 나를 의식하지도 않고 않았다.

조슈아의 채찍은 또 무정(無情)하게 움직였다.

멈추란 말이다, 조슈아! 둠 카오스는 이 내가 해결 볼 테니!

둠 카오스를 향해 소리쳤다.

"저들은 내버려 두고 나를 추궁하십시오. 올드 원도 이렇게까지 비겁하지는 않습니다. 이러고도 정녕 충정을 바치길 기대하신단 말입니까?

상을 주지는 못할망정 경계나 하다니요. 이러니까 당신께서 올드 원과의 전쟁을 종결시키지 못한 겁니다.

제 죄를 고하지요.

당신이 지켜 주지 않은 내 본토를 스스로 지킨 죄.

애초부터 내게 흡수되어 버려 바치지 못하게 된 것을 바치지 않은 죄.

내 측근들로 하여금 당신의 전쟁에 보탬이 되게 한 죄.

충정을 바칠 자격이 없는 주인을 택한 죄. 그럼에도 불구하고 올드 원에게 전향하지 않은 죄.

전쟁을 종결짓고야 말겠다는 일념으로 한눈을 팔지 않은

죄.

당신이 내 고통을 묵살하고 있는 와중에도 여전히 당신의 대답을 기다리고 있는 죄.

이 일곱 가지 대죄를 물어 집행관으로 둠 아루쿠다를 택해 주십시오!"

정말이었다.

열변을 토하는 내내 아래에서는 채찍질이 끊임없었다. 이를 갈며 억눌렀다.

다 뒤엎어 버리고 싶지만 실제로 고통을 감당하고 있는 연희나, 그런 연희에게 채찍질을 가하는 조슈아의 정신적 고통은 어떻겠는가.

여기에서 내가 참지 못한다면 저들의 고통은 아무런 의미가 없는 것이다.

시간을 무한히 반복하여 둠 카오스를 괴롭힐 수는 있었다. 내 본연의 힘과 시스템 관리자의 성역에서 오는 힘을 보태 둠 아루쿠다에게 정면으로 도전해 볼 수는 있었다.

하지만 둠 카오스가 나를 직접적으로 겨냥하지 못하고 내 측근들로만 교훈을 심어 주려는 것처럼.

나 역시 둠 카오스에게 충동적으로 등을 돌리기는 힘든 처지다.

빌어먹을.

둠 카오스는 일부러 시간을 끌고 있었다. 더 이상 궁극의 영역을 지속할 수 없던 시점에서 그동안 눌려 있던 소리들이 한꺼번에 쏟아졌다.

채찍질 한 번에 연희의 비명 소리 한 번. 그렇게 수십 번의 소리가 연달아 부딪쳐 왔을 때 내 마음도 덩달아 깎여나가는 고통이 빈번해졌다.

채찍질이 멈춘 순간.

처참해진 연희의 몰골이 펼쳐진 그 순간까지 와서는 정말 그 무엇도 느낄 수가 없었다.

조슈아의 채찍에서 연희의 핏물이 떨어지고 있는 걸 보고도 더 이상 동요되는 게 없었다. 나 혼자 덩그러니 서 있는 것만 같았다.

두려운 것도 분노도 억한 것도 없다.

채찍질 소리에 반응해서 창 자루를 쥘 때마다 들어갔던 힘도.

그러며 매번 떠올랐던 메시지도.

[* 둠 카오스 진영의 존재들을 대상으로 더 그레이트 실버의 위력이 대폭 증가 합니다.]

전부 다 사라졌을 때였다.

나는 정점을 향해 허리를 꺾었다.

둠 카오스가 어떤 대답을 기다리고 있을지 알고 있었다.

"당신께서 저를 시험하고 있으신 것을 압니다. 하지만 아시다시피 저는 이 전쟁이 끝나는 날까지 변치 않을 것입니다.

올드 원은 영원한 주적입니다. 제게 향한 의심의 시선을 거두시고 힘을 보태 주십시오. 더 그레이트 레드를 죽이고 돌아오겠습니다.

그리고 돌아오면 둠 아루쿠다에게 도전할 기회를 주십시오. 당신의 바로 발밑에서 당신과 함께 올드 원을 대적하고자 합니다.

그런 연후에 당신의 권좌에도 도전할 생각입니다. 그때가 되면 당신의 종이 그런 야욕을 품지 못하도록 오늘과 같은 가르침을 제게 직접 내려 주십시오."

말이 끝나자마자.

조금의 공백도 없이 나타났다.

[원흉(2)로부터 지령이 도착했습니다.]

과연, 카오스는 내가 굴복하기만을 기다리고 있었다.

[완수하지 못한 지령을 속행하라. (지령)

일찍부터 더 그레이트 레드를 찾아 죽이라는 지령이
있었습니다.

하지만 더는 미룰 수 없을 것입니다.

성공: 추가 고유 권능 개방, 상위 군주인 둠 아루쿠
다를 향한 서열 도전권.

실패: 둠 언데드에게 기회가 돌아갈 것입니다.]

장막 아래로 몸을 던졌다.

카소와 마운의 시선이 자연히 내 쪽으로 쏠린 반면 조슈아
는 둠 카오스를 향해 고개를 숙인 그대로 조용할 뿐이었다.

조슈아를 지나친 후 계단을 차례대로 내려왔다. 연희는
제 피가 고여 만들어진 웅덩이 속에서 꿈틀거리지도 않았다.

그녀를 안아 들었는데 몹시 가벼웠다.

축 늘어져 버렸기 때문에라도 평소보다 무겁게 느껴져야
하는 게 맞지만, 채찍질에 뜯겨 나온 살점이나 흘린 피가
어지간히도 많던 것이다.

"집으로 가자. 연희야."

연희를 안고서 돌아가려던 바로 그때.

계단의 정점에서부터 쇄도해 날아온 기운이 나를 멈춰 세웠다.

[당신의 원흉(2)가 당신을 격려 합니다.]

[아이템 '둠 카오스의 호신부(護身符)'를 획득 하였습니다.]

Chapter 6.

「[사설] 우리도 각성자들처럼 성숙해져야 한다.

금일 오후 5시 23분경에 국내의 협회공여지구(세계 각성자 협회 본부)에서 리히터 2.1 정도의 지진파가 관측되었다.

스티븐 요한센 사무국장은 "지하에 인프라를 확장하기 위하여 발파 작업을 진행하였다."라고 밝혔다.

이를 두고 기상청 관계자는 "종파인 P파와 횡파인 S파가 자연 지진과 다르게 나타났다. 이번 지진은 발생 깊이가 지표면과 매우 가깝고 폭발음 음파가 잡혔다는 점에서 발파 작업이 진행되었던 게 확실하다."고 분석하며, 국내에서도 광산 등이 발파하면 지진이 감지된다고 설명했다.

하지만 한국지질자원연구소 지진관측센터, 이충조 소장은 "수백여 차례에 걸친 연쇄 폭발이었다. 진원지와의 거리상 협회 본부의 본동 및 협회 시설에 영향이 미칠 수밖에 없음에도 불구하고, 그곳에서 발파 작업을 진행하였다는 것이 상식적으로 설명되지 않는다."라며 의구심을 표했다.

그러나 금번의 발파 작업으로 인해 협회의 시설에 손상이 가해지진 않았다고 알려져 있다.

또한 누리집, 세계 민간인 협회(http://minganin.com)에서 건설 전문가라고 자칭한 닉네임, 염마왕 추종자 13의 게시글

'금번 폭발로 인해 관측된 리히터 규모는 댐을 건설할 때나 관측되는 수준이다. 대체 어떤 시설을 구축하기 위해 그런 발파 작업이 필요했을까? 어쨌거나 협회가 구축한 인프라가 무엇이든 간에 그런 폭발에도 협회 시설들이 견고한 점에서, 우리는 또 하나의 중요한 사실을 알게 되었다. 각성자들에게 우리 인류의 기술을 뛰어넘는 건설 스킬이 있다는 것

을. 건설 스킬이라니, 정말 대단하다. 아무리 찾아 봐도 협회로 발파 작업에 필요한 장비들이 투입되었다는 관련 기사를 찾아볼 수 없다. 그러니까 진실로 이번 사건은 각성자들의 스킬에 의한 것이다.'

은 무려 12만 개의 덧글과 1천여 개의 관련 글이 달리며 화제로 급부상했다. 그 외 세계 각성자 협회에서 진행한 발파 작업을 두고 다양한 의문들이 제기되고 있는 실정이다.

이번에 협회 본부에서 진행된 발파 작업은 속칭 전문가라고 하는 이들과 익명성 뒤에 숨은 누리꾼들이 제기하는 의문대로 각성자들에 의해 진행된 것일 수도 있다. 물론 그렇지 않을 수도 있다.

그들에게 묻고 싶다. 협회 내부의 일을 두고 잡음을 일으키는 게 우리 문명의 존속과 생존에 어떤 도움이 되냐고 말이다.

우리 모두 잊지 말아야 할 게 있다.

지금 이 순간에도 <u>그분(1)</u>께서는 거시 세계에서 우리 지구를 지키고 계시다는 사실과 수호자 염마왕이 지난 18일부터 20일경까지 홀로 어떤 전투를 치렀었는지 그리고 우리 인류를 대신하여 각성자들이어떤 전장에 투신하고 있는지를 상기한다면 우리가 해야 일은 분명해진다.

무조건적인 믿음과 지지.

금번의 논란이 발생한 것만 봐도 우리는 아직도 성숙되지 않았다.

그분과 수호자 염마왕 그리고 휘하 각성자들이 치르고 있는 전투를 매 순간 상기하며, 우리 또한 스스로 성숙해질 수 있도록 하는 노력이 필요하다.

— 이수원 기자 — 」

「 ㄴ퍽이나. 니나 잘해. 기레기 새끼.

　ㄴ기자들 아주 살판 났쮸? 제목에 각성자만 넣으면 조회 수 쭉쭉 빨고 꺼억. 나도 기자나 해 볼까.

　ㄴ욕 금지. 이수원 기자 이분, 청와대 출입 기자치고 명예 회손으로 고소 고발 겁나 잘함. 참고로 본인도 명예 회손으로 불구속 재판 중. 소송의 달인임.

　ㄴ명예 회손 x 명예 훼손 o

　ㄴ각성자들 불쌍해. 시작의 장에서 귀환한 지 얼마 되지도 않았는데.

　ㄴ염마왕께선 진정 지구의 수호자시다. 염마왕께서 습격 방어하고 나오신 모습을 본 뒤로 아직까지 전율이 그치지 않는다. 노모 버전 구합니다. 사례금 있습니다. 쪽지 주세요.

ㄴ건설 스킬이 진짜일 수밖에 없는 게, 거대 땅굴을 파고 그 안에 어떤 시설을 구축한 게 맞다면 그게 우리 인류 기술로 하루 만에 완공될 수 있는 일이 아니거든. 그냥 땅만 파고 끝나는 일이 아니야.

ㄴ세계 각성자 협회. 각성자 님들. 이태한 협회장님과 찰리버 권성일 님. 수호자 염마왕 님. 그리고 #그분(2)을 진심으로 믿고 지지합니다. 파이팅!

ㄴ제 친척 중 한 분이 구원자의 도시민입니다. 이런 글이 올라올 때마다 자부심이 큽니다. 이제야 각성자들에 대한 오해가 풀려서 다행이라고 생각됩니다. 우리들을 대신하여 목숨 걸고 싸우고 있는 각성자 분들을 항상 응원해 주십시오. 지금 이 순간에도 전사하신 분이 계실 겁니다.

ㄴ엘프 노예 언제 입고되나요.

ㄴ노예는 무슨. 염마왕 님께서 공개해 주신 영상을 보고도 그런 말이 나오냐? 너 같은 철부지들 때문에 이런 잡음이 끊이질 않는 거다. 한심 그 자체. 전쟁에 끌려가 봐야 정신 차리지.

ㄴ세계 각성자 협회를 응원합니다.

ㄴ세계 각성자 협회를 응원합니다.

ㄴ그런데 그분(3)…… 에 대해서 이야기하면 안

되는 건가요. <u>그분(4)</u> 소식이 제일 궁금한데 정작 <u>그</u>
<u>분(5)</u>에 관한 건 찾을 수가 없네요.

　└ 읍읍.

　…… 」

　그 사설이 모니터링 프로그램에 잡힌 까닭은 이번에도
'그분'이라는 단어 때문이었다. 본문 중에도 있었고 댓글
중에도 포함되어 있었다.

　그것을 모니터링 중이던 한국계 사무원은 부쩍 어수선해
진 협회 분위기를 눈치챘다.

　발파 작업이 끝난 이후로 통 보이지 않던 간부진들이 대
거 들어와 여러 가지 지시를 내리기 시작한 광경도 그랬다.
이렇게 협회 시계가 빨리 돌아가는 경우는 유일했다.

　그분께서 방문하신 거였다.

＊　　　＊　　　＊

　[＊ 시스템]

　[설계도 '스킬, 상급 육체 치료'를 활성화 하였습니
다.]

[스킬 '상급 육체 치료'를 생성 하였습니다.]

"연희야."

오랜만에 연희를 볼 때면 항상 이런 모습이었다. 몸이 다치지 않았다면 마음이 다쳐 있었다. 마음이 다치지 않았다면 몸 상태는 처참했다.

여러 번의 시전 끝에 당장 급한 불은 껐다 할 수 있었다.

그러나 완치는 아니었다. 약자멸시에 피습된 상태에서 조슈아의 어떤 권능이 미치고 만 결과는 연희에게 온갖 흉터들을 남겼다.

고등급 치유 스킬과 연희의 자체 재생력으로도 회복되지 않는 흉터.

연희의 온몸에 거미줄 같이 남아 버린 그 흉터는 내 마음을 다시 한번 짓이겨 놓았다.

그때 밖에서 조심스러운 노크 소리가 났다.

문을 열자 황급히 자리를 비우는 직원의 뒷모습과 함께 텅 빈 복도가 보였고, 발밑에는 내가 주문했던 물건들이 놓여 있었다.

그것들을 들고 들어왔다.

제일 먼저 한 일은 연희의 나신에 이불을 덮어 주는 것이었다. 그런 다음 그녀가 좋아하는 바닐라 아이스크림과 구슬 아이스크림은 따로 냉동실에 넣어 두었다.

그녀가 일어날 때를 기다리며 옷가지들을 침대 옆에 정리하고 있을 때.

연희가 신음을 흘리며 뒤척거렸다. 정신이 든 건 아니었다.

이불 밖으로 빠져나온 팔 쪽으로 끔찍한 흉터들이 또 보였다.

저 흉터를 볼 때마다 드는 부정적인 생각은 어쩔 수 없는 것이었다. 이렇게까지 가혹할 필요가 있었을까. 아무리 둠 카오스가 주시하고 있다고 해서 제 권능의 어떤 힘까지 사용했어야만 했냐는 거다.

조슈아의 성정을 생각하면 꼭 이해할 수 없는 일만은 아니지만…….

나는 빠져나온 연희의 팔을 다시 이불 속에 넣어 주고서 맞은편 의자로 자리를 옮겼다.

[둠 카오스의 호신부(護身符)]

호신용으로 지니는 부적이라 해서 호신부다. 그것을 꺼내자 처음 보았을 때의 불쾌함이 다시금 일기 시작했다.

다름 아닌 이것의 형태 때문이었다.

둠 카오스는 내가 본 시대에서 항상 지참하고 다녔던 부적을 본떠 이것을 만들어 냈다. 아버지께서 어린 내 손을 이끌고 은행에 가 만들어 주셨던, 바로 그 통장 말이다.

그러니까 격려는 얼어 죽을 격려. 본 시대를 잊지 말라는 경고가 아닌가.

놈다운 저열한 방식의 경고인 것이다.

게다가 제 권능을 어지간히도 처바른 탓에 당장 이것의 진정한 정체를 알아내기도 쉽지 않은 일이었다.

[둠 카오스의 호신부 (아이템)

단순한 통장이 아닙니다. 원흉, 둠 카오스가 그의 권능을 직접 투입하여 만든 신기(神器)입니다. 또한 둠 카오스의 육체 중 일부로 만들어진 것 같습니다.

신기에 깃든 영혼과 정신 그리고 육체를 보호하는 강력한 방어 체계는 열정자의 최고 효과를 초월합니다. 초월된 능력 외에도 시공에 국한되지 않기 때문입니다.

나머지 원흉, 올드 원도 이 신기를 경계할 수밖에 없을 것입니다.

"둠 맨은 나와 함께 올드 원을 대적하게 될 것이다."

아이템 등급: SSS

아이템 레벨: MAX

효과: 사용 시, 시공을 초월한 무적 상태에 돌입합니다.

지속 시간: 10분

* 일회성 아이템입니다.]

처음 보는 아이템 레벨 MAX. 게다가 효과는 무려 무적.

시공을 초월한다는 의미는 시간이 역행되어도 지속 효과는 그대로 남아 있을 거라는 뜻일 것이다.

그 이상을 생각할 수 없는 아이템이 지금 내 앞에 놓였다.

하지만 왜 모를까. 이런 물건을 선뜻 내밀어 왔다는 것은 본인이 통제할 수 있는 뭔가를 심어 뒀다는 의미다. 놈들은 그런 놈들이다. 이번에도 어떤 함정이 숨겨져 있으리라.

그래서 설계도를 추가시키지 않았다. 추출하고자 하는 마음도 들지 않았다.

정체를 알 수 없는 이것의 근본을 내게 들여올 순 없는 일이다.

올드 원이 본래 짜 뒀던 시나리오상에서도 '완전한 회수자' 라는 가공할 능력을 줘 놓고 거기에 함정을 파 두었었다.

만일 둠 카오스의 목적이 내 신성(神聖)의 영역을 오염시키는 데 있는 것이라면 설계도를 추가시키자마자 어떤 부작용이 일어나기 시작할 터였다.

둠 카오스는 내가 어떤 영역을 다루고 있는지 알고 있다.

한참 후였다.

"죽여 버릴 거야…… 가만 안 둬."

기다려 왔던 목소리가 들렸다. 하지만 거기에 담긴 뜻만큼은 기다리고 있던 대로가 아니었다. 분노에 사로잡힌 연희의 두 눈은 당장 나를 보고 있지 않았다.

퀭한 그것은 여기에는 있지도 않은 조슈아를 쫓고 있었다.

하지만 흉터 외에 다른 부분에서는 이상을 찾을 수 없던 그녀였다. 나는 그녀 옆에 걸터앉아 다시 확인해 보았다.

『그놈이 널 배신했어. 이대로 내버려 뒤선 안 돼. 그 새끼 이제 둠 카오스의 충견이야.』

다행히 연희가 날 보면서 전음을 보내왔을 땐, 그녀의 두 눈에 가득했던 격정이 잠잠해지고 있었다.

『그렇게 보일 수는 있다.』

연희는 입술을 다물었다. 침묵이 꽤 길었다. 그녀는 몸에
남겨진 흉터를 살펴보면서 미간에만 힘을 가했다.

하지만 서두르지 않기로 했다.

『그게 아니야…….』

격정이 완전히 희미해지고 난 후, 그녀의 눈동자는 서글
퍼져 있었다.

어떤 자책을 하고 있는 것 같았다. 아마도 조슈아가 그렇
게나 강해지기 전에 그의 정신세계를 들여다보지 않은 걸
후회하는 것인지도 모른다.

『놈이 널 섬기게 된 과정을 내 두 눈으로 똑똑히 확인해
보고 싶어.』

그쯤에서 몸을 일으켰다. 냉동실에 넣어 뒀던 아이스크
림을 가져왔다.

그걸 내밀자 그녀의 입은 다시 닫히고 말았다. 그렇다고
아이스크림에 관심을 보이는 것도 아니었다.

내가 순두부찌개에서 느꼈던 것을 그녀도 좋아하는 본토의 음식을 통해 느끼길 바랐다. 하지만 고된 채찍질 직후 조슈아를 의심하고 있는 상황에선 역시나 그럴 수 없는 모양이었다.

『선후야…….』

연희가 아이스크림과 나를 번갈아 쳐다본 다음에 말했다.

『정말 조금도 의심하지 않는 거야? 어떻게 그래. 조나단까지는 인정하겠어. 하지만 놈은 아냐. 과거에 너를 대적했던 적이 있다고 알고 있어. 네 힘에 굴복했고…….』
『잠깐. 그 얘긴 미루지.』

현시점에서 중요한 건 그녀가 가지는 의심이 아니었다. 둘 사이에 있었던 비화(祕話)인 것이지.
나는 그녀가 본인의 성까지 붙은 풀네임으로 불리는 걸 좋아한다는 사실을 떠올리며 마저 물었다.

『대체 무슨 일인 거냐, 우연희. 그것부터 들어야겠다.』

*　　*　　*

이후 대화는 우리를 엿볼 변태 새끼들을 피해 진행되었다. 연희와 함께라면 절대 전장보다 더 확실한 방어막이 있었다.

정신세계. 그리고 무대는 우리에게 추억이 많은 바로 거기.

[우연희의 정신 세계에 진입합니다.]

[무대: 1997년의 중학교 한 교실]

그렇게라도 연희에게 남아 있는 흉터들을 잠깐이나마 시야에서 치우고 싶었다. 연희는 교탁에 서 있는 모습으로 나타났다가 내 자리 옆으로 앉았다.

"나도 네 장비들을 찾으러 가고 싶었어. 하지만 둠 카오스가 허락하지 않았지."

그녀는 내가 라이프 베슬에 갇혀 있는 시점부터 이야기를 시작했다.

"정령계의 문을 막고 있는 것이 네게 이로울 거라고 했어. 몇 번을 따져 봐도 맞는 말이긴 했어. 정령왕들이 당시의 전장으로 풀려나 버린다면 구원자의 도시민들은 그렇게 활동할 수 없었을 테니까.

그러다 무슨 변덕인지 정령왕들을 내버려 두라는 지시가 떨어졌었어.

정령왕들을 막고 있는 것이 네게 이로울 거라며 강압한 주제에 그런 지시를 내렸던 거야. 물론 따를 수 없었지.

그게 '의도적으로 지령을 완수하지 않은 죄'야."

연희는 입술을 질끈 깨물어 보였다.

"그런데 정령들의 동태가 공격적으로 돌변하면서 내 의도와는 상관없이 하나가 빠져나가고 만 거야."

그러나 연희의 그 말에는 많은 부분들이 생략되어 있었다.

홀로 정령계에서 고군분투하며 치러 왔을 전투들은 그녀의 목숨을 쉼 없이 저울질해 왔을 것이다. 부쩍 강해진 그녀의 상태가 당시를 증명한다.

연희는 각성자들의 태생적 한계를 극복했다.

[* 시스템]
[이름: 우연희 레벨: 580 (엔더)]

"그런데 580레벨이군. 엔더."

"최소한의 수준인 거야. 정령계의 입구를 간신히 틀어막는 정도."

그녀는 별것 아니라는 투로 말했다. 하지만 그리 가벼운 문제가 아니다.

정령계는 본토와 같이 서버의 영향이 미치지 않는 곳이다. 그런데도 거기까지 성장했다니. 연희가 경험치를 어디서 채웠는지는 둘째로 치더라도, 한계치를 뚫는 건 내 고유의 권한 아닌가.

그녀는 조슈아의 배반에 대해서 계속 이야기하다가 그만두었다.

"루세아 일족은 일족의 운명을 걸고 의례를 치렀어. 그러지 않고서는 본인들이 다 죽어 나가게 생겼었으니까. 내가 들어오기 전부터 이미 그런 상황이었지.

둠 데지르가 선두에 있을 때는 상황이 그리 나쁘지 않았을 거야. 하지만 둠 루네아를 거치며 상황은 악화되었고 내 대에 이르러서도 전혀 좋아지지 않았어.

그래도 그 아이들의 희생 덕분에 지금의 내가 있는 건 맞아. 고마운 일이고 그건 부정할 수 없지…… 설명이 됐을까?"

연희는 루네아, 아니 루세아 잡것 일동들을 '아이들'이라 지칭하며 한결 풀어진 표정을 보였다.

라이프 베슬에 갇혀 있는 동안에 진행된 일인 것 같았다. 그러니까 시스템을 주관하기 전에 일어난 일이고, 그래야만 머리 아파지는 일이 없게 되는 것이다.

다시 확인차 물었다.

"맞아. 네가 부활을 기다리던 시기에 치러진 의례였어."

연희가 대답했다.

"그럼 계속할게."

그녀는 내가 신성의 영역을 주관하고 있는 것이나 본인에 관한 일보다도, 조슈아의 배반을 제일 우선에 놓고 있었다.

"정령왕 하나가 풀려난 데까지 했지?"

"불의 정령왕, 셀레온."

"둠 카오스가 정령왕들을 왜 내버려 두라고 했는지는 지금도 정확히는 몰라. 하지만 지금까지를 돌이켜보면 추정은 할 수 있지. 둠 카오스는 옛 언데드 엠퍼러의 힘을 재확인하고 싶어 했던 것 같아."

연희는 정신계 능력을 쓰지 않아도 대상의 감정을 읽어내는 데 능했다.

그리고 그 능력은 지금 내게 사용되고 있었다. 내가 반박하기 전에 그녀가 먼저 말했다.

"오시리스 그놈이 배신했다는 확신을 가지기 전까진 말하지 않으려 했어. 말해도 이런 식으로는 아니었을 거야.

팩트만 들려주고 판단은 네게 맡겼을 테지. 네 수하지 내 수하가 아니잖아.

마저 들어 봐. 셀레온은 놈의 상대가 되질 못했어. 이후 놈은 북쪽 전선으로 향했고 거기에 숨어 있던 더 그레이트 블루와 마주쳤어.

둠 카오스는 블루가 거기에 숨어 있다는 걸 알고 있었을 거야."

"계속 추정만 하고 있다는 거, 알고 있지?"

"당시에 둠 카오스가 지령 하나를 더 던졌었거든. 실버와 블랙의 행방을 찾으라는 거였어. 블루는 쏙 빼놓고 말이야.

그때 나는 정령계를 이탈할 수 없는 상황이었어. 내가 이탈해 버리고 나면 정말로 나머지 정령왕들까지 모두 풀려날 테니까.

실버와 블랙이 사라졌다면 어디로 갔을까 생각해 보았고, 결국 너를 도모할 거라는 생각이 들었지. 그래서 김지훈에게 내 제사장 중 한 명을 붙여 놓았어. 너도 만나 봤으니 알 거야."

"그래서?"

"이후 오시리스 놈과 블루가 격전을 치렀잖아. 아마도 둠 카오스는 그때 오시리스 놈에게서 옛 언데드 엠퍼러의 힘을 확인했을 거야. 그러니까 아루쿠다를 저지하고 놈에게 블루의 영혼을 인계하라 한 거겠지."

"둠 카오스의 목소리를 직접 들었어? 우연희, 네가 직접?"

"아루쿠다는 탐욕스러운 존재야. 아루쿠다의 탐욕은 정령계에서도 유명하더라. 블루의 영혼을 차지하기 위해서라면 수단과 방법을 가리지 않았을 거야. 얼마나 탐욕스러우면 더 그레이트 골드의 영혼으로도 만족을 모를까.

당시에 오시리스 놈은 둠 카오스 휘하에 있지도 않았어. 그런 와중에도 아루쿠다가 블루의 영혼을 포기했으니, 이유는 하나밖에 없잖아.

둠 카오스의 명령이 있지 않고서는 왜 블루의 영혼을 포기했겠어?"

"잠깐."

말을 끊었다. 연희가 무심결에 흘린 말 중에 중요한 대목이 섞여 있었다.

"지금, 더 그레이트 골드라고 했지?"

*　　*　　*

본인이 다루려는 핵심 화제에서 자꾸만 이탈되고 있기 때문일 것이다.

연희는 머리가 지끈거리는지 손바닥으로 제 이마를 문질렀다. 그때까지만 해도 짜증인 줄 알았다. 하지만 내게서 시선을 떼지 않는 그 눈동자는 서글픔을 담는 걸 넘어서 눈물까지 머금어 버리는 것이었다.

당혹스러웠다. 그녀의 눈에 맺힌 건 진짜였다.

"놈을 조금도 의심하지 않는구나……."

그녀가 떨리는 목소리를 이어 나갔다.

"네가 어떤 상처를 받을지……그 누가 나보다 잘 알겠어. 나도 정말이지 이러고 싶진 않아."

"……."

"하지만 기억해? 네 첫 가르침은 누구도 믿지 말고, 의심스러운 조짐이 보이면 바로 제거하라는 거였어. 시작의 장에 막 들어갔을 땐 난 그걸 잘하지 못했어. 하지만 이젠 아니야.

나도 오시리스가 배신하지 않았길 바라고 있어. 내가 보고 들은 게 틀렸으면 좋겠어.

그런데 지금 분명한 것은 오시리스는 그런 혐의에서 벗어날 수 없다는 거야. 그를 제거하지는 않더라도 경계는 하고 있어야 되는 거야.

둠 카오스는 너의 대적자로 오시리스를 완성시키고 있어. 놈은 그걸 받아들였고, 선후야.

그래서 해야겠어. 네가 상처받을 거란 걸 알아도, 놈에 대한 네 믿음이 그리 확고한 걸 알아도 여기서 그만둘 수 없어.

한눈팔지 말고 내 얘길 끝까지 들어 줘."

연희의 하소연은 크게 와 닿지 않았다. 오히려 그런 연희의 모습에서 안심이 들었다. 연희를 속여 넘겼는데, 둠 카오스라고 아닐까.

조슈아는 최후의 순간을 위해 모두를 속이고 있는 것이지 나를 배신한 게 아니었다.

구원자의 도시민들을 내 안으로 품어주기 전, 훨씬 먼저 인정했던 것이 조슈아의 충성심이다. 연희가 말한 더 큰 힘에 의한 굴복은 생각지도 않았다.

진정으로 조슈아가 오로지 힘만 추종하는 녀석이라면 날 배신할 기회는 많았다. 옛 기억들을 뒤적일 필요도 없이 최근의 일만 봐도 그렇지 않은가.

뼈 반지는 분명히 굉장한 아이템이었다. 그러나 그보다 앞서, 뼈 반지와는 비교도 안 되는 물건이 우리 앞에 놓인 적이 있었다.

조슈아가 더 큰 힘만을 쫓는 녀석이었다면 녀석은 나보다 그 물건에 먼저 닿을 수 있었던 것이다.

시스템 관리자의 힘, 바로 그 성역(聖域)으로.

결국 연희는 눈물을 보이고 말았다. 그녀의 어깨를 껴안아 주며 말했다.

"마음은 고맙다. 그런데 둠 카오스가 바라고 있는 게 바로 이런 상황일 것이다. 우리가 서로를 의심하고 경계하길 바라지."

여기는 연희가 만들어 낸 그녀의 정신세계 안이었다. 나는 정말로 괜찮은데, 내가 받을 상처만을 고려하고 있는 그녀의 심리적 상태가 정신세계에도 고스란히 반영되고 있었다.

지진이 일어났다고 하는 게 맞을 것이다.

두두두.

무대 전체가 흔들리면서 태극기가 담겨 있는 액자가 떨어졌다. 그때 깨져 버린 유리 파편들은 교단 바깥까지 튀었다.

진동은 더 거세졌다. 책상과 의자 그리고 교단 앞 교탁까지 쓰러졌다.

복도 쪽으로 나 있는 창 역시 깨져 나갔다. 복도 쪽에는 아무것도 설정된 것이 없어, 깨진 거기로 보이는 건 칠흑의 어둠뿐이다.

연희는 그쪽을 허망하게 바라보다가 이내 고개를 끄덕거리기 시작했다.

"그럼 이걸 어떻게 설명할 건데……."

교실 문이 열렸다. 문밖에도 마찬가지로 칠흑의 어둠뿐, 거기에서 한 인형이 꿈틀대며 어둠을 뚫고 나왔다. 조슈아였다.

물론 진짜 조슈아는 아니고 이 무대의 출연진으로 만들어진 것이다.

조슈아를 본뜬 환영은 교단의 중심부를 향해 천천히 걸어갔다. 그것이 걸음을 옮길 때마다 무대 배경도 변하기 시작했다.

조슈아의 환영이 멈춰 선 순간에 맞춰 무대가 전환되었다.

교실 바닥을 이루고 있던 나무판자들은 끈적끈적하고 더러운 유기물로 변했다. 그것은 마루카 일족이 영토를 구축할 때 사용하는 그네들의 흙과 같은 것이었다.

직전에 있었던 지진 같은 진동에 의해 쓰러졌던 책상과 의자들도 각각 마루카 일족의 시체들로 변했고.

조슈아의 환영이 교탁에 발을 올리자, 그것은 마루카 일족의 원종(原種)으로 변하며 무대가 전환되기에 이르렀다.

[우연희가 무대를 변경 하였습니다.]

[무대 : 성(星) 드라고린, 죽음의 땅 중 한 지역 (마루카 일족)]

"내 제사장 중 하나가 본 광경이야."

＊　　＊　　＊

"찾았습니다. 주인님."

조슈아가 마루카 원종을 짓밟은 채로 말했다. 그의 시선이 원종을 향해 있어도, 둠 카오스에게 전하는 말일 수밖에 없었다.

"둠 맨의 본토에 오르까라고 하는 마루카 일족이 있습니다. 라이프 베슬은 그것에게 숨겨져 있었습니다."

그때 연희가 내 손을 잡았다. 날 향한 눈빛만큼 그녀의 손도 떨리고 있었다.
내가 상처받지 않았으면 하는 그녀의 마음은 거기에서 또 전해져 왔다.
나는 조슈아의 발밑에 깔려 있는 것에 시선을 집중시켰

다. 저 원종이 오르까가 교신하던 것들 중 하나일 것이다.

그러니 하는 말이다. 배신을 했다면 오르까가 한 것이다. 오르까야 말로 내 힘만을 보고 굴종한 놈이니까.

기껏 키워 줬더니…….

"그만할까?"

연희가 물었다. 그녀는 단단히 오해하고 있는 중이었다.

"계속."

그러자 잠깐 멈춰 있던 무대에 시간이 다시 흐르기 시작했다.

＊　　　＊　　　＊

"염탐꾼이 있습니다. 잘됐군요……."

조슈아가 그렇게 말하며 갑자기 몸을 틀어 버렸을 때 배경 전체가 비틀렸다.

어쨌거나 루세아 잡것 중 하나의 시선으로 목격되었던 광경이었기에, 그것이 조슈아에게 잡히게 된 순간 어둠이 찾아올 수밖에 없던 것이었다.

무대는 깜깜해졌다. 조슈아의 목소리만 들리기 시작했다.

결국에 그건 연희에게 하는 말이자, 내게 전해질 걸 감안한 최후통첩이었다.

"마리. 네가 본토에 가지는 애정은 나선후에게서 비롯된 것이다. 나선후, 그자가 없다면 본토는 네게 있어 무엇인가.

본토는 한낱 먼지에 지나지 않는다. 너도 동의할 것이다.

그러나 그런 먼지 따위에 집착하여 끝 모를 싸움만 하고 있는 자가 우리 위에 있었다. 우리가 치렀어야만 했던 고통도 거기서 비롯된 것이다. 그래도 그자를 섬겨 왔던 까닭은 그자의 목적에 공감하지 않고선 이 삶에서 어떤 의미도 찾을 수 없기 때문이었다.

하지만 이젠 아니구나.

지금의 주인님께선 불멸(不滅)을 보여 주시며 이 삶의 의미를 찾게 해 주셨다. 그것은 전 차원의 광대함 속에서 더욱 빛을 발하는 것이었다.

너는 나를 변절자라 손가락질할 것이다.

그리고 나의 옛 주인이었던 그자에게도 오늘 일을 고할 것이다.

하지만 냉정하게 생각해 보아라. 나선후 그자가 둠 카오스 님과 올드 원에게 대적하고 있지만, 과연 그자가 두 신성과 무엇이 다르단 말이냐.

오히려 그자의 일념(一念)은 먼지에 지나지 않는 것에 머물러 있으니, 그를 따르는 우리의 삶 역시 무의미하게 느껴졌던 것이다.

지금에야 내 말이 들리지 않을 것이나. 그자를 잃는 날, 오늘을 다시 생각할 수밖에 없을 것이다.

그러니 지금에도 늦지 않았다.

나를 도와라, 마리.

의지할 곳이 필요하거든 내 가슴을 빌려주겠다. 그도 싫고 그자가 염려되기만 할 뿐이라면 항상 주시하여 허튼짓을 꾸미지 못하도록 해라. 내 목소리를 전하는 것도 하나의 방법이겠지."

잠깐의 공백.

"당신께서 계단을 차례대로 밟아 오셨듯이 이제는 이 오시리스의 차례입니다.

이 오시리스로부터 당신의 자리를 지키는 방법은 누누이 말씀드렸습니다. 우리들의 주인님께 진심을 다해 귀의하십시오. 당신은 그분의 적수가 될 수 없습니다.

진정 본토가 안전하길 바란다면 지금껏 당신이 어떤 흉

터를 얻어 왔는지 고심하시는 것만으로도 충분할 것입니다.

이 말이 닿는다면 당신에게 도전할 기회를 주지 마십시오."

"어떻게 생각해?"

연희가 물었다.

상대를 속이려면 진실과 거짓을 교묘하게 섞어 놓아야한다.

진실은 그가 느꼈을 무의미한 삶과 나를 염려하는 마음이고, 거짓은 내 일념을 먼지와 비교하는 데 있을 것이다.

"신마대전 당시, 엔테과스토가 제 손으로 언데드 엠퍼러를 찢어 놓은 적이 있지. 지금 보니 엔테과스토 역시 현혹되고 만 것 같군. 조수아는 내버려 둬."

"선후야…… 대체 놈의 무엇을 그렇게 믿고 있는 거야?"

"2막 1장에서 단 몇백으로 생존했다는 게 뭔지 알아? 살기 위해서라면 인간성을 포함한 모든 걸 버려야만 했을 거다. 그런데도 그는 최종장에 도달할 때까지 날 잊지 않았었다.

남겨진 내 여자를 위해 끝까지 싸워 줬었다. 그때 난 그에게 한 가지 약속을 했어. 내 여자를 지켜 준 것을 절대 잊지 않겠다고, 바로 너를 지켜 준 것 말이다. 우연희."

흔들리는 그녀의 눈빛에 대고 마저 말했다.

"그때라고 두 악신(惡神)이 지닌 힘을 몰랐을까. 이제 와서 그 힘 때문에 배신했다? 차라리 내가 본토를 포기하는 게 빠르겠군."

"하지만 상황이 사람을 달라지게 만드는 거야. 둠 카오스는 놈에게 불멸까지 약속했어. 네 라이프 베슬을."

"연희야 난…… 전생한 후로 두 명의 제자를 뒀었다. 그리고 그 둘은 지금까지 날 한 번도 실망시킨 적이 없었지. 이번에도 그러리라 믿고 있다."

"그렇게 감정적으로 넘겨 버리기엔 결과를 예상할 수 없어. 네게 이런 말을 하는 날이 오리라곤 생각도 못 했어. 놈이 더 이상으로 성장하지 못하도록 감시……."

"그만, 그만."

언성이 조금 높아지고 말았다. 그때도 칠흑의 계단에서 무릎 꿇은 날, 고통스럽게 쳐다보았던 조슈아의 시선이 생각났다.

"계속 반복하게 하지 마라, 우연희."

"……."

"조슈아는 내버려 두도록. 둠 카오스에게 빌미를 주지 마라. 네게 또 형이 집행되면 그때는 정말이지 참을 수 없을 것 같으니까."

그것이야말로 제일 위험한 일이다.

"자 이제 말해 봐. 더 그레이트 골드의 영혼이 어떻다고?"

＊　　＊　　＊

무대는 처음대로 원상 복구됐다.

연희는 학창시절 교단에 섰던 때처럼 투피스 차림이었다. 강아지상의 얼굴은 당시와 비교해도 하나 달라진 게 없었다.

단지 외양뿐만이 아니라 그녀의 마음도 진정되기를 기다렸다.

조수아를 향한 그녀의 불신은 너무 깊었다. 화제를 바꿨음에도 불구하고 말문을 떼길 힘들어하는 그녀의 모습을 보면서 나는 다시금 전의를 불태웠다.

전쟁을 빨리 종결시켜야 한다. 연희에게도 평범한 일상이 필요하다.

항시 의심과 걱정에 휩싸인 채 전장에만 멈춰 있는 삶. 이 얼마나 비참하단 말인가.

"너희들이 날 도와줘야 한다. 서로를 의심하지 않으면서."

뜬금없이 꺼낸 말에, 다행히 그녀의 고개가 끄덕거려지고 있었다.

비로소 그녀의 입술이 열리기 시작했다.

"무슨 이유 때문인지는 모르겠어. 성(聖) 드라고린의 중요한 역사적 사실 중 하나는 올드 원과 성 카시안이라 불렸던 더 그레이트 골드가 서로 싸웠다는 거야.

태초에 엘슬란드와 드워프들의 대륙 그리고 바르바들의 죽음의 땅이 하나의 대륙이었다는 거 알아?"

연희의 상태는 본부에 들어와 있는 드워프들의 기척을 눈치채지 못할 만큼 정말로 좋지 않았다.

그래서 드워프들과의 만남에 대해서 들려주었다. 내 이야기는 성 카시안의 변절로 시작해서 본토에 세워진 방어 장치까지 이어졌다.

연희의 얼굴에서 처음으로 화색이 돌았다. 그것도 잠시, 꽤 아쉽다는 투로 이렇게 말했다.

"골드가 살아 있었다면 네게 큰 힘이 됐을 텐데, 죽어서도 꼭 그런 식이네. 그것들은 하등 도움이 안 돼."

"꼭 그런 식이라니?"

"골드는 죽었지만, 영혼까지 다 소멸된 게 아니었어. 골드의 영혼은 다른 차원으로 도망쳤었어. 꽤 강력하게 탄생된 피조물이었던 거지. 올드 원의 추격으로부터 도망칠 마음까지 먹을 정도였으니까."

골드의 시선을 느낀 적이 있었다. 도주에 성공했던 걸
까?

"지금 들려주는 얘기들은 진위가 확인되지 않은 것들이
야. 그러니까 참고만 해."

그녀가 계속 말했다.

"올드 원은 골드의 영혼을 붙잡지 못했어. 둠 카오스가
올드 원을 막아섰거든. 그때 골드를 추격했던 게 둠 아루쿠
다야. 결국 골드는 둠 아루쿠다를 벗어 날 수 없었어. 죽은
거지."

"정령에게 들은 건가?"

"바람의 정령왕, 실피드. 내게 씌워진 두 번째 죄목 '적
들과 내통한 죄.'는 바로 그거였어."

"이상한 일이군."

"왜?"

"골드의 시선을 느낀 적이 있었다. 그리 오래되지 않았
지."

연희의 미간이 찌푸려졌다.

"하나같이 거짓말을 달고 사는 것들뿐이네."

아니다. 연희에게 그런 이야기를 들려준 것은 딱 거기까
지만 봤기 때문일 수도 있었다.

하지만 영혼 상태에서도 올드 원으로부터 도망치는 게 가능했던 골드의 힘과 더 그레이트 그린조차도 쉽사리 삼키지 못했던 아루쿠다의 작은 아가리를 함께 떠올려 보면…….

생각 나는 경우가 하나 있긴 했다.

당장 골드를 찾아가 확인해 보고 싶다는 생각에 온몸이 근질거린다.

하지만 골드가 어떤 차원에 존재하는지 알 수 없는 게 문제였다.

둠 카오스의 빛 기둥이 설치된 차원들도 같은 맥락에 속한다.

둠 카오스의 힘의 근원이 빛 기둥에 있다는 걸 이 두 눈으로 똑똑히 확인한 바지만, 알고 있는 빛기둥이라곤 시작의 장에서 경험했었던 딱 한 곳뿐이다. 그마저도 파괴하여 쓸모없어진 곳.

골드가 시선을 보내오는 곳이나 둠 카오스의 빛기둥들이 존재하는 곳들은 베일에 가려져 있었다.

"정령왕 실피드라는 놈……."

"응?"

"그놈을 붙잡아 와야겠다."

　　　　　　＊　　　＊　　　＊

　예전에 루네아 잡것의 본토를 특정할 수 있었던 까닭은 고것이 우리들의 정신세계로 들어와서 남긴 흔적 때문이었다.

　여기는 연희와 내가 주관하고 있는 세계다. 엄밀히 말하자면 연희가 만들어 낸 세계인 동시에 내 통제력이 가장 강력한 세계다.

　과연, 연희는 내 말의 저의를 바로 알아챘다.

　"위험하지 않을까?"

　"정령왕 따위가?"

　"설마 정령왕을 두고 말했겠어? 둠 아루쿠다와 얽혀 있잖아."

　"골드의 영혼은 지금까지도 남아 있다. 확인해 볼 가치가 있는 일이지. 정령계는 어떤 곳이지? 내가 진입해도 문제없을까 해서 묻는 거다."

　"문제야…… 있을 것 같은데? 정신계의 비물질로만 가득 차 있는 악몽 같은 곳이야. 아무리 너라도 바로 적응하긴 어려울 거야."

　부정적으로 말하면서도 연희의 표정은 나쁘지 않았다. 아직도 조슈아 때문에 완전히 밝아진 것은 아니었지만, 그때 그녀가 자신의 손을 들어 보이며 살짝 지어 보인 웃음이 있었다.

그녀의 손가락에는 못 보던 반지 하나가 걸려 있었다.

[실피드의 계약 반지]

"너까지 진입할 필요는 없어. 단, 죽이지 않겠다고 약속해 줘."

"실피드를 사로잡은 건가?"

"그건 아니야. 서로가 서로를 이용하는 관계라 할 수 있지."

"적과의 공생이라. 그리하지."

"본토에 결계가 쳐졌다고 했지?"

"그래."

"그럼 그거부터 해결해 줘야겠는데, 일단 밖으로 나갈까?"

연희가 제대로 알지 못하는 게 있다. 신성(神性)의 힘에 대해서 설명해 줄 시간이 없었기 때문.

그 힘은 정신세계 안에서도 제약을 받지 않는다. 바깥의 시간이 완전히 멈춘 상태라면 모를까, 아주 느릿하게나마 흘러가고 있기에 방어 장치를 재설정하는 건 여기에서도 가능한 일이었다.

[* 시스템]
[마공학 방어 장치를 재설정 하였습니다.]

[정령왕 실피드의 입장을 허가 하였습니다.]

"준비는 끝났다."

연희는 의아한 표정으로 날 쳐다보았다. 그러다 실피드를 불러내는 능력이 통한다는 것을 깨닫고는 놀란 눈을 부릅떴다.

그녀의 상식선에선 정신세계는 외부와 격리된 별개의 세계였기 때문에 당연한 반응이었다.

[정령왕 실피드가 정신 세계로 진입하였습니다.]
[무대: 1997년의 중학교 한 교실]

실피드는 바람의 속성을 가진 정령왕이다. 하지만 고것이 나타나며 일으킨 돌풍은 내 눈짓 한 번에 사그라들기 시작했다.

교실 안의 무엇도 쓰러트리지 못하는 약한 바람에 지나지 않았다.

이내 그마저도 완전히 사그라졌을 때, 인류의 모습을 본

뜬 형체가 나타났다. 은색 머리칼을 가진 키가 큰 여성.

눈매는 차가웠으며 그 안에 많은 계산들이 읽혔다. 그러다 나를 응시하던 눈이 부릅떠지며 고것의 입에서 힉 소리가 났다.

손아귀를 펼치자 고것의 가늘한 목이 금새 잡혀 왔다.

"내가 누군지 알고 있다면 저항하지 마라. 연희와의 약속을 지킬 것이다."

고것의 목을 움켜잡았을 때였다. 밀려오는 기억들. 연희가 악몽이라고 축약해서 불렀던 정령계의 광경이 쏟아져 온다.

하지만 내가 보고 싶은 건 그따위 것이 아니었다. 당장 이것이 품고 있는 힘 따위도 아니고.

"골드의 끝을 목격했다고 들었다. 놈이 어디로 도망쳤는가?"

팟!

　　[지도 '더 그레이트 골드의 도주지'가 추가 되었습니다.]

Chapter 7.

"약…… 약속을……."

실피드가 연희에게 도움을 요청했다. 헐떡거리는 숨통의 움직임을 통해 고것의 고통이 고스란히 전해지고 있었다.

우리 인류의 모습을 본떠서 진입했기에, 고것의 얼굴은 실제로 창백해져 갔다. 그쯤에서 바닥에 내팽개쳐 버리자 고것은 한참이나 제 목을 부여잡고 숨을 몰아쉬기 시작했다.

나는 고것을 살려 주겠다던 약속을 지켰다. 물론 연희에게 한 것이었기 때문에.

                    *   *   *

　[게이트 생성을 시전 하였습니다.]
　[목표: 더 그레이트 골드의 도주지]

　게이트에 진입하기 전에 무장부터 갖췄다. 그때 연희는
날 물끄러미 보고 있었다.

　그녀도 나와 함께 가고 싶어 하는 눈치였지만 그 상태로
는 짐밖에 되지 않는다는 걸 모를 수 없는 것이었다. 게이
트를 향해 몸을 돌렸을 때 아루쿠다를 조심하라는 그녀의
목소리가 부딪혀 왔다.

　화악—!

　당장 눈에 들어오는 문명의 흔적은 없었다. 지평선 끝까
지 적갈색의 토양만 광활해서, 원시 상태의 생명이 가득했
던 드워프 대륙과는 차이가 너무도 심한 곳이었다.

　그때 한쪽 방향의 끄트머리에서였다.

　　[배회하는 바클란 군단의 영혼 무리를 발견했습니
　다.]

　과연, 둠 아루쿠다가 깊숙이 관여하고 있는 곳이 맞았다.

[배회하는 바클란 군단의 영혼 무리 (종족)

둠 아루쿠다의 지배를 받고 있습니다.

개체수: 1410
레벨: 120 ~ 145]

그것들도 날 발견할 수 있을 만큼 거리가 좁혀졌을 때, 그것들이 도망치기 시작했다. 죽어서도 죽음을 두려워하다니.

하지만 비웃기에는 그것들의 뒷모습이 너무 처절한 것이었다.

그런데 그것들의 도주 방향이 하나같이 일치했다. 그쪽 방향으로 저것들이 믿는 뭔가가 있다는 뜻이었고 이정표로 삼기에 충분해 보였다.

얼마나 향했을까.

아직도 더 그레이트 골드나 둠 아루쿠다의 무언가는 느낄 수 없었다.

성(星) 드라고린만큼 거대한 크기의 땅일 수도 있겠다는 생각에 눈살이 찌푸려질 무렵.

도망치던 것들의 맞은편에서 걸어 나오는 것들이 보였다. 한 거구의 바클란 영혼을 여러 졸병들이 수호하며 나왔다.

날 피해 도망쳤던 것들도 그것들의 뒤로 합류하고, 더 뒤에서 이어진 행렬은 좌우로 대형을 갖추며 가히 군세라 불리기 마땅한 수준에 이르렀다.

죽어 영혼만 빠져나온 상태였어도, 이것들의 사후(死後)는 옛 삶을 그대로 추종하고 있는 듯하다.

이것들의 대장 격인 놈을 쳐다보았다.

그놈에게서 귀곡성(鬼哭聲) 같은 울림이 흘러나왔다. 처음에는 나를 크게 경계하고 있다는 것만이 느껴질 뿐, 무슨 말을 하는지 알아들을 수 없었다.

그러다가 시스템 관리자의 권능 안에서 다뤄질 수 있는 문제라는 걸 깨닫기까지는 그리 오래 걸리지 않았다. 시스템이 작동했다.

[무리의 대장 : 넌 무엇이냐. 산 것이 여기엔 어떻게
들어온 것이냐. 그런데 대체 그 안에는…….]

내 창에서 더 그레이트 실버의 영혼을 느낄 수 있었던 걸까.

이것들의 대장은 그쪽으론 제법 눈썰미가 있었지만 딱 거기까지였다. 날 알아보지 못하는 우를 범했다. 어차피 애걸해도 소용없었겠지만.

[시스템 관리자: 너희들이 먼저 날 막아선 것이다.]

우우웅—

한 손에 오버로드의 힘을 집중시켰다.

더 그레이트 블랙의 영혼도 차마 버티지 못했던 힘이지 않은가.

한 발자국씩 내디딜 때마다, 그 손을 진원으로 한 공간의 일그러짐이 확장되기 시작했다. 그러고는 한 기점에서 공간을 압제하는 힘으로 폭발했다.

유리창에 금이 가듯, 허공을 찢어 대며 발생한 균열들이 온갖 배경들을 일그러트리며 쭉 뻗어 나갔다. 거기는 일종의 블랙홀이나 마찬가지였다.

날 막아섰던 영혼들의 비명 소리가 산발하다가 사라져 간다.

혹시나 싶어서 집중하고 있었지만 역시나였다. 영혼들은 소멸과 동시에 어떤 힘, 그러니까 어떤 경험치도 남기지 않는다.

일찍이 오크들의 대륙에서 깨달았던 바다. 이런 죽은 것들을 구성하고 있는 힘은 큰 타격을 받자마자 즉시 소멸되고 만다.

육신이란 그릇에 담겨져 있거나, 그 힘이 정말로 강대해서 그릇을 잃어도 될 수준에 이르러 있다면 추출이 가능하지만, 이런 구성 상태에서는 아무런 소용이 없는 것이다.

시스템 관리자도 어쩌지 못하는 것을 아루쿠다라고 별반 다르지 않을 터. 아루쿠다가 강한 영혼들만 탐해 왔던 까닭이 거기에 있었다.

시야를 막으며 포진해 있었던 잡것들은 깨끗이 치워졌다.

그러고 나자 한 놈이 눈에 들어왔다. 놈은 제법 강한 축에 속했다. 본인의 수하들이 한꺼번에 소멸되는 걸 목격하고도 흔들림이 없었다.

[대상을 완벽히 간파하였습니다.]

[옛 바클란 군왕의 전설적인 영혼, 패왕(霸王) 바클란 (종족)

많은 부족들을 하나로 통일시켰던 영혼입니다. 지금

의 바클란이라는 이름은 그에게서 비롯되었으며, 죽어
서도 자신의 이름을 이어 나가고 있는 몇 안 되는 영혼
중의 하나입니다.

　후대의 군왕들은 죽어서도 그에게 굴복해 왔습니다.

　레벨: 560]

그래, 저 정도는 되어야 경험치 재료로 쓰일 만하다.
놈의 목소리가 멀리서 전해져 왔다.

　[패왕 바클란: 둠 아루쿠다께서 말씀하시길…….]

　하지만 놈은 잡졸들과는 달랐다. 서 있는 자리에서 조금
도 움직이질 않고 있었다.
　놈 앞으로 착지했을 때, 실제로 놈은 옆으로 비켜서는 것
이었다.
　죽어서도 둠 아루쿠다의 속박에서 벗어나지 못한 것이
그런 반응을 보이고 있는 데에는 배후를 믿고 있기 때문일
것이다.
　그때 놈이 내 눈빛을 읽었는지 한마디 보냈다.

[패왕 바클란: 그분의 수하를 공격한다면 그 책임을 묻겠다 하십니다. 또한 들어오라 하십니다. 이족의 신인 당신에게는 그리 먼 거리가 아닐 겁니다. 가십시오.]

아쉬운 대로 놈을 지나쳐야만 했다. 아루쿠다와 싸우러 온 것이 아니니까.

어디까지나 소기의 목적은 더 그레이트 골드를 이 두 눈으로 직접 확인하는 데 있었다. 그런데 정황을 보아하니 반전을 기대하긴 힘들었다.

속도를 최대한으로 끌어올려 한참을 나아갔다. 바클란 군단의 온갖 영혼들이 수없이 발견되었지만 이미 아루쿠다의 언령이 미친 탓에, 그것들이 나를 막아서는 경우는 없었다.

이윽고 붉은 결계가 하늘과 땅을 이으며 나타났다.

절대 전장이나 습격이 발생할 때 일어나는 결계와는 달랐다.

태고의 신전 입구에 형성되어 있던 것과 흡사한 이것은 즉, 또 다른 차원으로 넘어가는 관문이었다.

[영계(靈界) 입구를 발견하였습니다.]

[정보가 수정 되었습니다.]

[배회하는 바클란 군단의 영혼 무리 → 영계 수호병
부대]
[옛 바클란 군왕의 전설적인 영혼, 패왕 바클란 →
영계의 파수꾼, 바클란]

[지도 '영계 입구'가 추가 되었습니다.]

[* 경고: 진입 전, 영혼 저항력을 확인 하십시오.]

*　　　*　　　*

[영혼 저항력 : MAX]

[1. 홍염의 방패: 50%
2. 더 그레이트 실버: 35%
3. 고위 주술사 야푼의 전승 목걸이: 23%]

경계를 넘어선 후부터는 아루쿠다의 진짜 영역이 시작된
다.

지금의 무장만으로는 부족하다 느껴져 한 가지 준비를
더 갖췄다.

[설계도 '인장, 시간 역행'을 활성화 하였습니다.]

언제라도 즉시 인장을 생성하여 시간을 돌려 버릴 수 있
도록 말이다. 올드 원과 둠 카오스는 이런 힘이 사용되는
걸 몹시 경계하겠지만, 위기 상황에서까지 놈들의 눈치를
볼 순 없는 것이다.

결계 안으로 몸을 집어넣었다. 이쪽과 저쪽을 구분 짓는
찰나의 간극(間隙).

그것을 뚫고 나간 순간 처음으로 받은 감상은 지옥이 환
상만은 아니라는 것이었다. 온 천지가 악귀들로 드글거렸
다.

비명과 울음 그리고 웃음소리들이 끊임없이 부딪혀 왔
다.

연희는 정령계를 악몽이라 표현했지만, 여기야말로 악몽
속에나 나올 법한 곳이다. 지옥이었으며 아수라의 세계다.

영계를 둘러싼 껍질 전체가 붉은 색채였기 때문에라도
육안상에서는 모든 게 붉게 보였다. 또 악귀들에게는 종의
구분이 없었기에 그렇게나 난잡할 수가 없는 것이었다.

그러나 이 세계를 소름 돋게 만드는 진짜 원인은 정중앙.

거기에서 더 그레이트 골드의 영혼을 발견했다. 거대한 그것에 다닥다닥 붙어 있는 건 전부 다 악귀였다.

둠 아루쿠다는 이 모든 광경을 내려다볼 수 있는 상석에 앉아 있었다. 놈은 여전히 아가리를 쩝쩝대고 있는 중이었다.

크아아아아아—!

골드의 비명.

그렇게 처절한 영혼은 아주 조금씩 뜯겨 나가며 놈의 아가리로 바쳐지고 있었다.

그때 아루쿠다의 시선이 정확히 나를 특정해 들어왔다.

"골드를 차지했군."

역시나 반전은 없었다.

악귀들의 수가 아무리 많다 해도 골드의 저항은 너무도 무력해 보였다. 오랜 세월 동안 누적되어 온 게 있기 때문인 것 같았다.

골드를 아루쿠다에게서 빼내기엔 뾰족한 수가 생각나지 않았다.

분명한 건 골드를 다 씹어 삼키고 나면 아루쿠다는 더 강해진다는 거다.

그때 문득 놈이 내 진입을 허가한 저의가 궁금해졌다. 혹 여기는 둠 카오스의 시선이 미치지 않는 것일까? 아니면 나를 제거하라는 둠 카오스의 명령이 있었던 것일까?

아루쿠다의 두 눈이 가늘어졌다.

널 위해 손님 하나를 초대했다.

처음으로 듣는 아루쿠다의 목소리였다.

그것도 잠시, 한쪽에서 익숙한 기운이 난입해 들어왔다.

이 사이한 세계에는 어울리지 않는 미남형의 얼굴. 하지만 두 눈 안에서 이글거리는 기운만큼은 여기에 속해도 전혀 이질적인 게 아니었다.

조슈아!

그가 아루쿠다의 발 앞에 섰다.

"당신은 둠 아루쿠다 님의 낫을 파괴한 죄가 있습니다. 우리들의 주인께선 이를 용인하셨지만 둠 아루쿠다 님은 잊지 않고 계십니다. 당신 때문에 둠 아루쿠다 님은 저런 수고스러운 짓을 중단할 수가 없게 되셨습니다."

조슈아는 더 그레이트 골드 쪽으로 시선을 가져가며 말

했다.

"응징은 당신이 으뜸으로 여기는 가치 중에 하나입니다. 해서 묻는 것입니다. 둠 아루쿠다 님이 당신을 응징하는 것을 어떻게 보십니까. 정당합니까, 아닙니까?"

"……."

"허튼짓은 하지 말라고 그리 경고했습니다만 듣질 않으시는군요. 스스로 발걸음을 하시다니."

말을 끝낸 조슈아는 아루쿠다를 향해 살짝 고개를 숙였다.

그가 펼친 손아귀에서 채찍이 자라나고 있었다.

둥! 둥—!

엔테과스토가 그에게 빼앗겨 버린 심장 소리가 요동치면서.

"오늘로 과거의 연을 청산하겠습니다."

조슈아는 아루쿠다를 향해서도 마침표를 찍었다.

"전 준비되었습니다, 둠 아루쿠다 님."

*　　　*　　　*

기존의 둠들이나 고룡들은 긴 세월을 버틸 수 없는 탓에 새로운 인격을 형성해 왔었다.

그래서 카소는 시건방졌다. 그린은 방랑벽이 있었으며 엔테과스토는 과묵하며 잔혹스러웠다. 아루쿠다에게선 잘 알려져 있다시피 무엇으로도 해소되지 않는 탐욕이 느껴졌다.

지치지 않고 골드를 끝내 삼키기 위해선 그래야만 했을 것이다.

놈은 아가리를 쩝쩝대는 중에서도 내게서 시선을 떼지 않고 있었다. 더 그레이트 실버와 레드의 심장 반쪽으로 구성된 방패. 그리고…….

"둠 아루쿠다 님께서도 준비를 마쳐 주십시오. 혼자선 이자를 대적할 수 없습니다."

조슈아는 아루쿠다 또한 몸을 일으키길 기다리는 중이었다.

조슈아가 무슨 생각을 품고 있는지 깨달은 나는 얼굴이 일그러졌다.

엔테과스토가 어떻게 절멸했는가. 둠 카오스는 본인의 허락 없이 군주들끼리 싸우는 것을 용납하지 않는다.

엔테과스토는 루네아 잡것과 함께 수작질을 부리다가 결국 발각되어, 사형이나 다름없는 징벌에 처해지고 말았었다.

조슈아는 아루쿠다에게 오늘을 부추겼을 것이다. 이이제이(以夷制夷).

둠 카오스가 아루쿠다를 제거하도록 하며, 그러는 동시에 자신이 지닌 힘까지 내게로 이전시킬 계획일 터였다.

본인의 죽음을 감안하면서까지 오늘을 단단히 준비해 온 것이다. 충분히 그럴 수 있었다. 정말로 그의 삶에 유일한 의미가 내게 있는 것이라면 충분히.

그게 나를 힘들게 만든다.

이렇게까지 서두를 필요는 없었는데.

확실히 조슈아는 골드 쪽으로 눈길 한번 주지 않는다.

조슈아도 이쪽의 사정을 알고 있었던 것이다. 비록 아루쿠다에는 미치지 못하더라도 그 역시 망령을 다루는 권능을 품고 있지 않은가.

아루쿠다가 골드를 씹어 먹는 중이라는 걸 알게 되었을 때부터 오늘을 서둘러 왔을 테지. 내게 귀띔이라도 해 줬다면 좋았을 것을.

본 시대 말기.

둠 카소가 침공군의 지휘관으로 본토를 습격해 왔었다. 오늘로부터는 수십 년 후의 시간대에서 일어난 일이다.

그쯤에서 카소에게 걸려 있던 봉인이 풀렸다는 것이고 이는 봉인의 주체인 더 그레이트 레드의 죽음과도 직결된다.

엔테과스토가 레드를 죽인 것일 수도 있겠지만 도무지 나을 기미가 보이지 않았던 엔테과스토의 부상 상태로 미루어 짐작해 보자면.

아루쿠다가 레드를 죽였을 가능성이 더 높아진다.

바로 그 무렵이 아루쿠다가 골드를 다 삼키는 데 성공한 시간대일 것이다.

그러니까 아루쿠다가 골드를 다 소화시키려면 수십 년이 더 걸린단 말이다, 조슈아.

그때였다.

기회를 주마, 둠 맨.

아루쿠다가 말했다.

놈은 큐 사인을 미룬 채 지금을 즐기고 있는 게 분명했다.

빠져나갈 구석 없이 나를 가둬 놓았다고 생각하겠지.

네가 가진 것들을 스스로 바쳐라. 창이 좋겠다. 방패가 좋겠다. 하지만 빼놓지 말아야 할 것이 있으니……

놈은 생각만으로도 군침이 도는지 입맛을 다셨다.

거기서 흘러나온 침은 굉장한 양으로 쏟아지다시피 했다.

조슈아가 말했다.

"신성의 힘입니다. 둠 아루쿠다 님. 하지만 거기까진 탐내지 마십시오. 둠 카오스께서 용납하지 않으실 겁니다."

연희가 봤다면 그의 무정한 얼굴을 향해 또 삿대질을 했을 일이다.

아루쿠다는 조슈아를 못마땅하게 내려다보았다. 아루쿠다의 시선이 처음으로 내게서 거둬진 때였다. 그래, 이 순간을 기다리고 있었다.

바로 지금.

"약자멸시를—!"

조슈아의 최고 권능 중 하나의 이름을 부르짖으며 몸을 던졌다.

[* 시스템]

[시스템 관리자 오딘의 능력을 재구성 합니다. (리빌딩)]

[궁극의 영역에 진입하였습니다.]

찌릿!

[강화된 헤르메스의 순간 이동을 시전 하였습니다.]

[오딘의 벼락폭풍을 시전 하였습니다.]

[강화된 인드라의 칼을 시전 하였습니다.]

＊　　　＊　　　＊

공간을 도약하자마자, 아루쿠다의 얼굴이 정면으로 나타
났다.

시전자와 피습자. 둘 중 하나가 죽을 때까지 뇌력의 힘을
가하는 인드라의 칼, 그것이 아루쿠다에게 거리를 좁혀 간다.

그러나 그것이나 벼락 폭풍은 애초부터 미끼에 불과했다.

아루쿠다의 거대 눈알에서 반사적인 어떤 움직임이 포착
된 시점에서 나는 한 번 더 공간을 도약했다.

팟!

가능하다면 놈의 턱 밑에서부터 정수리까지를 관통해버
릴 목적이었다.

[강화된 인드라의 칼을 제거 하였습니다.]

[오딘의 도륙을 생성 하였습니다.]

[오딘의 도륙을 시전 하였습니다.]

찰나에 내부 세계의 구성이 바뀌어 버린 것처럼 창끝에서도 강렬한 회전의 힘이 즉각 일어났다.

벼락 폭풍에서 일어난 뇌력까지 보태졌다.

최고조에 달한 두 뇌력이 중첩됐다. 창끝의 한 점뿐만이 아니라 창대와 그것을 움켜쥔 주먹 그리고 팔 전체까지.

휘와아아앙—

온갖 뇌력들이 거기를 중심으로 회전하며 닿는 모든 것을 갈아 버릴 것 같은 힘으로 완성되었다.

[강화된 헤르메스의 순간 이동을 시전 하였습니다.]

……

[강화된 헤르메스의 순간 이동을 시전 하였습니다.]

총 네 번의 연쇄 도약.

파파파팟!

아루쿠다의 몸에서 불어 나왔던 정체불명의 공격은 뒷공간을 타격했다. 방패로 부딪혀 오는 충격파만 보더라도 한순간 한순간이 아슬아슬했던 것이다.

잠깐의 공백이 찾아왔을 때가 적기였다. 허공을 때리는 날개.

화륵—

한 치의 거리가 좁혀지면서 창을 뻗었다. 놈의 턱이 천장처럼 거대하게 자리 잡고 있어도 그중 정확히 중앙을 향해 서였다.

사방에서 악령들이 튀어나왔지만, 계산은 빨랐다. 공격을 중단할 필요가 없었다. 나를 저지하려면 그따위 저열한 악령들로는 소용이 없는 일이리라.

과연 놈의 턱 밑에 창끝이 닿는 순간.

불길한 직감이 엄습했다. 놈의 핏물이 증발되지 않고 고스란히 쏟아졌다. 놈에게는 얼마 안 되는 핏방울에 불과할지라도 실제론 대량의 핏물이었다.

핏물의 점성이 끈끈했다.

놈의 살 안으로 창을 쥔 주먹까지 파고 들어간 순간. 한 번 달라붙은 핏물은 갈수록 굳어져 버린다.

얼굴 전체가 뜨겁게 화끈거렸다. 눈은 잘 떠지지도 않았다.

마법 방어막이 빠르게 갈려 나간다.

방어막이 있는 상태에서도 이런 통증이라면 놈의 핏물에는 초열(焦熱)에 버금가는 화력이 깃들어 있는 것이다!

[경고: 듐 아루쿠다의 특성 '들끓는 전사의 피'가 발동 하였습니다.]

[들끓는 전사의 피 (부정효과)

전사에게 뜨거운 것은 심장 만이 아닙니다.

효과: 적중 시, 마법 피해가 누적 됩니다. 마법 방어
력이 소진될 시, 물리 피해로 전환 됩니다. 물리 방어력
이 소진될 시, 부정 효과 '초열 화상'으로 전환 됩니다.]

놈의 턱뼈를 갈아 대며 창 전체의 진동이 거세지던 무렵.
어깨까지 파묻힌 상태였다.

놈이 제 고갯짓에 힘을 실어 창을 짓눌러 왔다.

제 턱뼈가 까이고 있는 것 따위는 신경 쓰지 않는 듯 굉
장한 힘.

놈은 순수 근력으로만 나를 능가하고 있었다. 거기서 파
생된 압력과 공간의 일그러짐은 당장 나를 집어삼킬 듯이
일어났다.

바클란 군단이 놈에게 괜히 공명(共鳴)하는 게 아니리
라!

[시스템 관리자 오딘의 능력을 재구성 합니다. (리
빌딩)]

[근력: MAX]

[축복 '홍염의 오러'를 발동 하였습니다. (오딘의 홍
염 방패)]

뇌력의 소용돌이. 아무렇게나 튀어 대는 불씨들. 그 위로
겹쳐 버린 홍염의 오러.

꼬리로 팔을 감싸 힘을 보태고 날개로는 끊임없이 허공
을 쳐 댔다.

놈의 턱 전반에 불씨가 옮겨붙기 시작했건만, 통나무가
들어가도 남을 만한 구멍도 뚫리고 말았건만 그래도 놈은
견고했다.

**[경고: 둠 아루쿠다가 고유 권능 '한계가 없는 힘'을
시전 하였습니다.]**

"윽."

창을 쥔 팔꿈치가 꺾였다.

갑자기 증가해 버린 압력 때문이었다. 근력을 증가시키는
데 할 수 있는 모든 걸 투입했어도 놈을 능가할 순 없었다.

뭐냐, 대체 이 힘은!

팔이 꺾이며 창 또한 덩달아 놈의 턱 속을 긁고 나왔다. 그래도 놈의 거대한 육신에 미루어 보면 극히 작은 상처에 지나지 않는다.

그런 건 아무래도 좋았다. 완전히 압도되어 버린 건 아니었으니까.

[마법 방어력이 소진 되었습니다.]
[둠 아루쿠다의 부정 효과 '들끓는 전사의 피'가 물리 피해로 전환 됩니다.]

하지만 이미 그것에 피습되어 버린 상황에선 시간을 끌수록 나만 불리해지는 것이었다.

방향이 틀어져 버린 창 대신 방패를 추켜올렸다. 놈의 가공스러운 힘을 막아서려면 찰나가 급했다. 단지 그것뿐이랴!

놈과 힘을 겨루는 사이에 뒤에서 달려드는 것들이 산재했다.

여긴 놈의 구역이다.

[오딘의 벼락폭풍이 제거 되었습니다.]
[강화된 염마왕의 화염옥이 생성 되었습니다.]

[강화된 염마왕의 화염옥을 시전 하였습니다.]

[절규하는 악령 무리를 처치 하였습니다.]

......

[미친 웃음의 악령 무리를 처치 하였습니다.]

화르르륵!

어느 순간 눈이 깜박여지고 말았을 때, 더는 눈이 떠지지 않았다. 눈가에 엉겨 붙어 있던 놈의 핏물 때문이었다.

시야가 막혀 버렸다 한들 감각망으로 대신할 수 있으니 그건 문제 될 게 없었다.

하지만 놈에게서 광폭스러운 압력이 한 번 더 터져 버렸을 때, 아래로 곤두박질쳤다. 온갖 경고 메시지들이 뜨는 것 또한 막을 수 없었다.

다행히 바닥으로 충돌하진 않았다. 충돌 직전에 공간을 도약하는 데 성공했으니까.

파파파팟!

연거푸 공간을 뛰어서며 다음의 목표지로 도착한 순간이었다.

짜악!

고막을 꿰뚫어 오는 소리와 함께 눈앞이 번쩍였다.

거기에서 나를 기다리고 있던 공격이 있었다는 사실을 깨달았을 때에는 이미 늦은 것이었다.

고통스러운 죽음 특성이 물씬 담겨 있었다.

거기에 피격되자마자 척추에 붙어 있는 온 근육들이 움찔거리기 시작했다.

그때도 똑같은 공격이 떨어지고 있었다.

멀리 공간을 뛰어넘었다. 바로 직전의 자리를 채찍으로 내리치고 있는 조슈아의 모습이 감각망으로 잡혔다.

메시지에서도 분명했다.

[조슈아의 스킬 '죽음의 일격'에 적중 되었습니다.]

등을 후려쳤던 공격은 조슈아의 채찍에서 시작된 것이었다.

"내 계획에 따라라, 조슈아! 어서 약자멸……."

말을 채 끝마칠 수 없게도 계속 누적되어 왔던 통증들이 극으로 향하고 있었다.

궁극의 영역에서 오는 두통. 조슈아의 일격. 그리고 마침내 모든 방어막이 상실되는 시점이 목전에 이르렀다.

[둠 아루쿠다의 부정 효과 '들끓는 전사의 피'가 초

열 화상으로 전환 됩니다.]

　[고위 주술사 야푼의 전승 목걸이가 파괴되었습니다.]

　[경고: 영혼 저항력이 부족합니다.]

순간적으로 이가 악물어졌다. 그때 깨져 버린 이빨들이 입 안으로 느껴졌다.

아루쿠다의 거대 얼굴이 내게로 기울고 있었다. 이미 뚫려 버린 놈의 턱 구멍에서는 또 대량의 피를 쏟아 낸다.

　[경고: 둠 아루쿠다의 특성 '들끓는 전사의 피'가 발동 하였습니다.]

아루쿠다도 전력을 다한 것이 아니겠지만 나 역시 그렇다. 아직 역경자도 뜨지 않았다.

나는 놈이 쏟아 내는 피를 고스란히 받았다. 이번만은 놓칠 수 없다는 생각뿐이었다. 위에서 일어나는 움직임에 어떻게든 집중을 가했다.

　[설계도 '둠 아루쿠다의 특성, 들끓는 전사의 피'가

추가 되었습니다.]

그제야 비명을 지를 수 있었다.

으아아아악.

입조차 놈의 핏물 때문에 벌려지지 않아서, 그 비명은 속
으로만 요동쳤다.

[인장 '시간 역행'을 생성하였습니다.]

기다려라, 아루쿠다!

[시간이 역행 됩니다.]

다시 시작이다.

＊　　＊　　＊

예상했던 일이다.

과연 시간을 역행했어도 설계도는 남아 있었다. 신성이
깃들어 있는 영역답다는 감탄을 지울 수 없었다.

[* 시스템]

[둠 아루쿠다: 고유 권능, 한계가 없는 힘 (설계도 X)

특성, 들끓는 전사의 피 (설계도 O)]

전의를 다지고서 영계로 진입했을 때, 거기는 모든 게 처음대로였다. 골드의 영혼을 뒤덮은 악령들 하며 상석에 앉아 있는 아루쿠다의 거대 신형까지.

널 위해 손님 하나를 초…….

놈이 조슈아를 불러내는 것을 구태여 기다릴 까닭이 없었다.

찌릿!

미끼를 뿌리며 달려들면 놈은 정체불명의 투사체들로 반격해 온다. 때문에 방패의 쓰임새가 거기로 묶인다. 대단했었던 충격파를 일으키며 순간순간을 아찔하게 만들었었지.

당시의 광경이 뇌리에 각인되었다. 어떤 반격이 시작되리라는 것을 아는 상황에선 확실히 약간의 틈을 만들어 낼 수 있는 것이었다.

파파파팟!

연쇄 도약할 때마다 충격파가 방패로 부딪혀 오는데, 마지막 충격에서 그 반격의 정체가 파악되었다.

궁극의 영역에서도 놀라운 속도를 보였던 바로 그것.

[설계도 '둠 아루쿠다의 스킬, 악령 폭발'이 추가 되었습니다.]

[악령 폭발 (설계도)

코드: 마법 (SS)

출처: 대상 — 둠 아루쿠다

* 시전 시마다 악령이 필요합니다. 스킬의 위력은 악령의 등급으로 결정 됩니다.

* 시스템 관리자 오딘은 SS 등급의 악령 1개체(더 그레이트 실버)와 S등급의 악령 15개체, A등급 이하 48201개체(고위 주술사 야푼의 전승 목걸이)를 보유 하고 있습니다.]

아루쿠다가 어떤 악령을 소환해서 터트려 댔는지까지는 확인할 틈이 없었다.

그래도 최소한 A급 악령들일 터.

그때 창끝에서 그것을 쥔 주먹과 팔 전체로 이어지는 뇌력의 소용돌이가 완성되었다. 놈의 턱 밑 바로 아래였다.

창을 뻗는 동시에 날개로 전면을 가렸다. 역시나 놈의 핏물이 쏟아진다. 아니, 저건 용암이다. 끈적끈적하게 끓어오르는 초열(焦熱).

[경고: 둠 아루쿠다의 특성 '들끓는 전사의 피'가 발동 하였습니다.]

[경고: 화염 저항력을 확인 하십시오. (부정효과, 초열 화상)]

무의식이 메시지로 발현된 순간은 홍염의 오러를 피어올린 순간과 일치했다.

화염 저항력이 MAX인 상태에서도 겪었던 고통은 실로 대단했었지 않았던가. 만일 저항력을 완성 짓지 못했다면 더한 고통에 직면했을 것이다.

둠 카오스에게 육신을 바쳤을 때 느꼈던 고통에 필적했을 터.

초월체 이하의 것들은 저 피가 한 방울 닿는 것만으로도 불타 사라질 일이었다.

그런데 날개가 이상했다.

아래에서 계속 폭발해 대는 악령들 때문에 방패를 회수

할 수도 없었다. 설령 가능한 상황일지라도 날개는 이미 오염되어 있었다.

날개를 움직이는 감각이 둔해진 것은 물론, 실제로 굳어가는 기현상을 보인다.

놈의 핏물은 비물질인 날개에도 영향을 주는 것이었다.

[경고: 오딘의 신수가 파훼되었습니다.]

이미 날개에 엉켜 있던 핏물들부터 쏟아졌다. 눈이 따갑다.

[경고: 둠 아루쿠다가 고유 권능 '한계가 없는 힘'을
시전 하였습니다.]

곤두박질쳐지는 순간에 드는 생각은 한 가지였다.

[인장 '시간 역행'을 생성하였습니다.]

날개로 놈의 핏물을 막아선 안 된다는 것.

그러니까 방패를 자유롭게 쓸 수 있는 상황을 만들어야 한다는 것.

[시간이 역행 됩니다.]

*　　　*　　　*

[* 시스템]
[둠 아루쿠다: 고유 권능, 한계가 없는 힘 (설계도 X)
특성, 들끓는 전사의 피 (설계도 O)
스킬, 악령 폭발 (설계도 O)]

둠 카오스는 시간이 돌려지고 있다는 걸 진즉 알아차렸
을 것이다.
놈이 개입하기 전에 서둘러야 한다.

널 위해 손님……

연쇄 도약. 악령들이 터져 대며 방패에 전달해 오는 충격
파.
그러며 도착한 놈의 턱 밑.
창을 솟구쳤다.
방패를 끌어올려 곧 쏟아질 핏물에 대비했다. 그때 악령
들이 출몰했다. 방패가 치워진 빈 공간을 쫓아서였다. 시바

의 칼보다 더한 폭발력을 품으면서도 쿨타임 없이 쇄도해
오는 것이다.

[데비의 칼을 제거 하였습니다.]
[스킬 '악령 폭발'을 생성 하였습니다.]

어떠냐, 아루쿠다.

[악령 폭발을 시전 하였습니다. (재료: 정예 오크 부
족장의 악령)]

......

[악령 폭발을 시전 하였습니다. (재료: 정예 오크 부
족장의 악령)]

날개를 쫙 펴고 노출된 등 쪽에는 꼬리들을 결착시켰
다.

곧 아래에서 내가 쏘아 보낸 악령과 놈의 것이 충돌하기
시작했다.

지금까지보다는 더 먼 거리.

충격파가 날개와 꼬리에 묵직하게 부딪혀 대지만 그때도
이를 악물게 만드는 진짜 이유는 아루쿠다의 근력이었다.

놈은 본인과 똑같은 공능이 내 손끝에서 발현되었음에도 당혹해하지 않았다.

도리어 놈의 탐욕을 더욱 자극한 것일까.

두 번의 과거보다 앞당겨진 시점에서였다.

[둠 아루쿠다가 고유 권능 '한계가 없는 힘'을 시전
하였습니다.]

그래. 이걸 기다리고 있었다.

바로 내 앞에서 생생히 구현되는 바.

손목이 꺾여 버린다 한들. 충격파가 연신 부딪혀 온다 한들. 두통이 골을 쪼갤 듯이 군다 한들. 공간이 모조리 이지러진다 한들.

그렇게 이 자리에서 압살(壓殺)되어 버릴지라도 저걸 다시 확인하는 과정이 꼭 필요했다.

끝을 찍었다 해서 엔더다. 그걸 초월했다고 해서 오버로드였다.

그렇다면 놈에게 허락된 저 영역은 신성(神性)의 일부분인 것이다. 둠 카오스는 용케도 그런 걸 허락한 것이었다.

"음."

집중할 기회를 주지 않으면서 또다시 손목이며 고개 또

한 꺾여 버렸다.

놈은 추락하는 나를 내려다보며 상체를 기울이고 있었다.

파파파팟!

이번에는 내 등을 후려칠 채찍질이 존재하지 않았다. 하지만 신성의 일부분을 담고서 내리찍어 오는 공격은 조슈아의 것과는 비교도 할 수 없을 정도로 가공스러웠다.

놈의 손바닥이 가까워지고 있지만 피할 수 없었다.

[경고: 강화된 헤르메스의 순간 이동을 시전 할 수 없습니다.]

사방의 시공(時空)은 균열을 일으키다 못해 파괴되는 중이었다.

아공간도 그 영향에서 벗어날 수 없었다.

[경고: 보관함이 파괴 되었습니다.]

오크 대륙들을 떠돌 때 담아 뒀던 본토의 전투 식량들과 생수병들은 여기로 노출되자마자 흔적도 없이 사라졌다.

피부가 짓이겨진다. 나는 간신히 서 있을 뿐이었다.

더 그레이트 실버에 깃든 권능. 강철의 장막만이 유일한 탈출구겠지만 권능 수치가 충전되지 않았다.

레드의 반쪽 심장을 정화시키는 데 수치 전부가 사용되었으니까.

"크으으으……."

어떻게든 놈의 전력을 끌어내야 한다.

하지만 이대로는 시간을 다시 되돌릴 수밖에 없는 것이었다.

그리고 다음 회차에서도 다다음 회차에서도 비슷한 과정만 되풀이되겠지.

이걸 사용할 수밖에.

[악령 폭발을 시전 하였습니다. (재료: 더 그레이트 실버의 악령)]

그건 악령이라 불리기에 충분했다.

더 그레이트 실버의 영혼은 악에 받쳐서 창끝으로 확장되어 나왔다.

크아아아아아—!

골드가 지르는 비명보다도 더욱 광분한 울음.

골드와는 달리 본인에게 남겨진 시간이 찰나에 지나지 않는다는 것을 알고 있기 때문이리라.

그때 당장 필요 없는 스킬과 특성들까지도 전부 갈아 절대 전장을 만들어 냈다.

[절대 전장에 진입하였습니다.]

그러고는 바로였다.

콰아아아앙―!

밖에서 일어난 폭발은 결계 안의 지축까지 죄다 흔들어 놓았다.

[경고: 절대 전장이 파괴되기 직전입니다.]

유리가 깨지듯 깨져 가는 결계.

당장 균열이 가는 틈새마다 아루쿠다가 뒤로 넘어가는 광경이 보였다.

[절대 전장이 파괴 되었습니다.]

결계가 완전히 소멸되었을 때에는 성당의 모자이크처럼 보였던 그 광경이 하나의 전체로 뚜렷해졌다. 그때 아직도 잔존해 있던 후폭풍이 들이닥쳤다. 세상이 마구잡이로 돌았다.

세상이 아니라 내가 돌고 있는 것이었다.

실버가 폭발하면서 일으켰던 힘과 아루쿠다가 반사적으로 토해 낸 어떤 힘이 아무렇게나 뒤섞여 이런 소용돌이를 만들어 내는 것이리라.

[고위 주술사 야푼의 전승 목걸이가 파괴되었습니다.]

뱅뱅 도는 광경 속에서도 온갖 악령들이 소멸되는 모습들은 놓칠 수 없었다.

거기서 해방된 오크들의 악령도, 애초부터 영계의 거주민이었던 악령들도, 심지어 더 그레이트 골드에게 달라붙어 있던 악령들까지.

너무나 많은 것들이 동 시간대에 소멸되고 있었다.

그래서 그렇게 들끓었던 그것들의 잡음 또한 한 시점에서 사라져 버렸다.

나는 바닥에 두 다리를 붙이고 섰다. 내게도 남은 건 그리 많지 않았다. 창과 방패 그리고 얼마 남지 않은 스킬과 특성 몇 개, 4대 능력치뿐.

아루쿠다가 일어섰다. 놈은 그 와중에도 거대 육신을 포기하지 않았다.

그래서 높은 상공에서 나를 내려다보는 놈의 두 눈 역시 여전히 거대했으며, 사이한 월광(月光)같은 빛은 거기에서 흘러나오는 것이었다.

그나마 처음으로 놈의 아가리는 쩝쩝대고 있지 않았다.

찌릿!

궁극의 영역을 유지할 수 있는 시간이 얼마 남지 않았다는 것을 깨달았다. 놈도 별반 다르지 않은지, 특유의 눈빛에 점점 힘이 들어가고 있었다.

놈을 향해 지면을 박찼을 때였다.

[경고: 둠 아루쿠다가 스킬 '부정한 영혼'을 시전 하였습니다.]

[경고: 영혼 저항력이 부족합니다.]
[경고: 영혼 저항력이 부족합니다.]
[경고: 영혼 저항력이 부족합니다.]

"으…… 어…… 어……."

내 입에서 흘러나오는 소리다. 내 뜻과는 무관하게 멋대로.

[경고: 둠 아루쿠다가 시스템 관리자의 정신 세계를 분리하고 있습니다.]

[영혼 저항력을 확인 하십시오.]

아루쿠다에게 도달하는 건 힘들었다.

"으어어어어……."

바닥에 착지했을 때에도 입에선 계속 괴이한 소리가 흘러나왔다.

그러다 갑자기 몸이 튕기는 느낌을 받았다. 그런데 빌어먹을.

[시스템 관리자 오딘의 레벨이 648로 하락하였습니다.]

레벨뿐만이 아니었다. 남은 스킬과 특성들에 깃들어 있던 힘도 정확히 반씩 쪼개져 나갔다. 온전한 것은 시스템 관리자의 영역과 둠 카오스에게 속박된 권능의 영역뿐.

내 안에서 튕겨져 나온 것을 쳐다보았다.

나와 똑같은 크기에 똑같은 얼굴을 가진 반투명의 정신체.

[나선후의 부정한 영혼 (종족)

악(惡)으로만 뭉쳐 있어 악령에 가깝습니다.

레벨: 648]

그것부터가 먼저 나를 노려보면서 울림을 내고 있었다.

[나선후의 부정한 영혼: 가증스럽군. 네놈 따위가
본체라니.]

[나선후의 부정한 영혼: 차라리 잘되었다. 아루쿠다
저 새끼는 생긴 것답게 멍청한 새끼군. 이래서는 우리
의 활동 영역만 넓어질 뿐이지. 저런 새끼가 우리의 적
이다.]

[나선후의 부정한 영혼: 내가 저 새끼의 시야를 교
란시키는 동안 네놈은 저 새끼를 직접 타격하도록. 역
할을 바꿔도 좋다. 너는 나고 나는 너다.]

[나선후의 부정한 영혼: 그러나 분명한 건, 지금 내
게도 무장이 필요하다는 사실이지. 서둘러라. 더 그레
이트 실버를, 어서어어어엇!]

Chapter 8.

녀석의 말은 사실이다. 녀석이 나고 내가 녀석이다. 그러니 왜 모를까.

더 그레이트 실버를 건네주었다간 화근만 만드는 셈이다.

그때 아루쿠다가 꿈틀거리는 골드의 꼬리를 밟으며 우리를 쳐다보았다. 승리를 확정 지은 교만한 눈빛이 일렁거렸다. 놈도 우리가 합심할 수 없다는 걸 확신하는 것이었다.

[나선후의 부정한 영혼: 어서어어엇!]

녀석이 팔을 뻗었다.

이 불쌍한 녀석이 할 수 있는 건 거기까지일 수밖에 없었다.

이내 녀석의 표정이 일그러졌다. 내가 뭘 할지 아는 것이지.

[시간이 역행 됩니다.]

순간 뻗쳐져 왔던 녀석의 공격도 그 순간 없던 것이 되었다.

그리고 다시 처음이다. 영계 입구가 목전에 있었다.

[둠 아루쿠다: 고유 권능, 한계가 없는 힘 (설계도 X)
특성, 들끓는 전사의 피 (설계도 O)
스킬, 악령 폭발 (설계도 O)
스킬, 부정한 영혼 (설계도 X)]

스킬 부정한 영혼의 설계도는 다시 겪게 되면 확보할 수 있을 거란 확신이 선다.

그러나 놈의 고유 권능, 한계가 없는 힘은 시전된 즉시 나를 내동댕이쳐 버리고 만다. 일대의 시공이 다 일그러지고 마는 탓에 집중을 기할 틈조차 허락되지 않는다.

그건 불가항력적인 미래였다.

시스템 관리자에 대해서 오해하고 있었던 부분이기도 했다.

내 신성은 불완전한 것이었다.

벌써 세 차례나 목격했지 않았는가.

지금도 나는 오버로드 구간이 한계인 반면에 아루쿠다는 그걸 넘어서는 영역을 보여 주었다.

모든 물리 공격을 반사시키는 괴력자는 거기에 발동하지도 않는다. 역경자를 발동시킨다 한들 오버로드 구간을 넘어서지 못한다.

진실로 내 신성이 완전했다면 그런 한계가 없어야 하는 게 맞는 것이다.

분명히 그렇다. 무(無)에서 유(有)를 만들어 내는 창조의 능력이야말로 신성이 갖춰야 할 절대적인 조건이겠으나, 지금의 나는…….

올드 원과 둠 카오스에 비해 지닌 에너지만 떨어지는 게 아니었다.

아직도 그놈들과 같은 영역에 들어서 있는 게 아니었다.

거기까지 깨달았을 때.

확!

뇌리가 번뜩였다.

목표가 확실해졌고 그래서 심장이 가슴벽을 때리기 시작했다.

진짜 신성으로 가는 마지막 열쇠를 아루쿠다가 품고 있다!

고유 권능, 한계가 없는 힘.

그 설계 안에.

*　　　*　　　*

꿍꿍이를 모르겠다. 혹 내가 무엇을 앞두고 있는지 생각하지 못하는 것일까.

시간을 네 번이나 돌렸음에도 불구하고 둠 카오스는 조용하다.

놈에게도 계획이 있을 테지만, 분명한 건 적어도 지금에 있지는 않은 것이다. 그러니 기회는 아직 남아 있었다.

어쨌거나 최고의 시나리오는 아루쿠다를 제거하는 데 성공하고 골드까지 흡수해 버리는 것. 그러나 아루쿠다의 권능 설계를 확보하기만 해도 나는 완전한 신성으로 거듭날 수 있다.

지닌 힘에 차이가 있을지언정, 비로소 두 원흉과 같은 영역 안에 존재하게 되는 것이다.

그러니 무엇을 망설이겠는가. 서둘렀다.

[영계에 진입하였습니다]

널 위해 손님 하나를 초대했다. 아루쿠다가 하려던 말이었다.

널⋯⋯.

놈의 말은 첫음절에서 끊겼다.

세 차례 반복했었던 지난 과정들이 눈앞에 펼쳐지기 시작했다.

네 번째 시도였다.

[경고: 둠 아루쿠다가 고유 권능 '한계가 없는 힘'을
시전 하였습니다.]

네 번째 시도에서 부정한 영혼의 설계도를 확보한 후로도 시도는 계속되었다.

여섯 번째, 일곱 번째, 여덟 번째. 시도가 거듭될수록, 실제 눈앞에 과거의 환영이 존재하는 것은 아니었지만 뇌리에서만큼은 나보다 앞서 나가며 분명한 길을 제시하는 현상이 있었다.

놈이 권능을 폭발시키고 나를 내동댕이치기까지의 즉각적이었던 시간이 점점 벌어지는 느낌이었다.

그렇게 찰나의 찰나. 그리고 또 찰나의 찰나의 찰나. 간극이 좁혀진다.

누적되는 게 그뿐이면 오죽 좋으련만, 한 시점에서 루네아 잡것이 생각나고 말았다. 정확히는 그것이 받았을 고통에 대한 것이었다.

잡것은 정신세계에서 내 명령에 의해 무대를 쉼 없이 반복시킨 적이 있었다. 당시에 잡것은 점점 쇠약해져 갔었다.

내 육신이 정말로 그렇게 되고 있는 것은 아니었다. 시간을 돌릴 때마다 육신에 남겨졌던 부상은 원상 복구된다.

그러나 놈의 괴력이 충돌해 왔던 매번, 그러니까 그 고통스러운 순간들의 기억이 뇌리에 찌드는 것이었다.

악에 받치고. 부아가 치밀어 오르는 것을 도무지 참을 수 없으니.

놈의 얼굴을 다시 보는 것만으로도 이렇게나 속이 뒤틀려 버리고 마는 것이다.

시작점이 달라졌을 때, 지금의 감정이 얼굴 밖으로까지 드러나 있다는 걸 깨달았다. 놈은 입술을 떼지도 않았다.

진입하자마자 놈이 먼저 공격을 가한다.

[경고: 둡 아루쿠다가 고유 권능 '한계가 없는 힘'을 시전 하였습니다.]

지긋지긋한 메시지.

그럼에도 놈의 손아귀에서 신성의 일부분으로 폭발하는 힘은 매번 악랄하다.

"크으으윽."

놈은 수없이 지워져 버린 지난 순간들을 알 수 없다. 하지만 곤두박질치는 날 바라보는 시선에선 이런 소리가 나오는 것만 같았다.

포기해라.

포기?

그따위 건 한 번 겪어 본 걸로 족하다.

월가의 패잔병이 되어 집으로 돌아온 날, 제일 힘들었던 건 오히려 아버지의 위로였었다

당신께는 죄송스러운 마음이지마아아아아안!

[시간이 역행 됩니다.]

훅.

숨결이 고열에 시달릴 때처럼 인중을 뜨겁게 스쳤다.

한 번의 날숨에.

영계에 진입하고 아루쿠다의 턱 밑까지 치달았다.

소기의 목적은 놈의 권능 설계를 확보하는 것이다. 지금 당장 놈을 쓰러트리는 게 아니란 말이다. 정신 차려, 나선후!

그런 비명 같은 외침을 뇌리로 터트리면서 온 감각에 집중했다.

[경고: 둠 아루쿠다가 고유 권능 '한계가 없는 힘'을 시전 하였습니다.]

쪼개지고 또 쪼개지며 그렇게 좁혀 왔던 찰나의 간극(間隙).

마침내 그 사이로 아루쿠다의 내부에서 일어나는 반응이
뚜렷하게 잡혔다.

  [설계도 '둠 아루쿠다의 고유 권능, 한계가 없는 힘'
  이 추가 되었습니다.]

*　　　*　　　*

시작점, 영계 입구.

그곳으로 되돌아온 후에도.

쉼 없던 시도 끝에 권능 설계를 확보하는 데 성공했음에도.

이미 치달아 버린 격분은 좀처럼 사그라지지 않는다. 왜
모를까. 알고 있다. 흥분을 가라앉혀야 하지만 놈은 이게
다가 아닐 것이다.

　　[둠 아루쿠다: 고유 권능, 한계가 없는 힘 (설계도 O)

　　특성, 들끓는 전사의 피 (설계도 O)

　　스킬, 악령 폭발 (설계도 O)

　　스킬, 부정한 영혼 (설계도 O)]

언제 갑자기 난입할지 모를 둠 카오스를 경계하면서 정

면을 노려보았다.

[설계도 '둠 아루쿠다의 고유 권능, 한계가 없는 힘'
을 읽어 내는 중입니다.]

[10%…… 20%…… 30%…… 40%…… 50%…….]

[본 설계도에 깃든 둠 카오스의 신성을 엿보는 데
성공 했습니다.]

[축하합니다. 시스템 관리자 오딘의 능력이 완전해
졌습니다. 흥분을 가라앉히고 둠 아루쿠다를 제거 하는
데에만 집중하십시오. 둠 카오스가 개입할 가능성이 높
아졌습니다. 명심하십시오.]

그건 내 자신에게 하는 소리였다. 결국엔 내가 시스템 그
자체니까.

[시스템 관리자 오딘의 능력이 확장 되었습니다.
(한계 돌파)]

즉시 몸을 던졌다.

탓!

불그죽죽한 색채로만 물들어 있는 세계, 악령들이 날아다니고 있는 그곳에서 엿 같은 얼굴이 또 나를 기다리고 있었다.

생긴 것도 어떻게 저리 괴악하게 생길 수가 있는가.

근육질의 거신. 그 거신의 목 위에 달려 있는 얼굴은 둠 카오스에게 한번 짓밟힌 게 아닐까 싶을 정도로 푹 퍼져 있다.

얼굴 면적 대부분을 차지하고 있는 두 눈과 그걸 아가리라며 붙이고 있는 작은 것까지. 인류가 전통적으로 생각해 왔던 저승신들의 모습은 저놈에 비하면 준수한 것이다.

그 거대 괴물이 영계의 옥좌에서 몸을 일으켰다.

내 쪽으로 손아귀를 뻗치면서.

[경고: 둠 아루쿠다가 고유 권능 '한계가 없는 힘'을 시전 하였습니다.]

나도 똑같이 창을 내찔렀다.

[시스템 관리자 오딘의 능력을 재구성 합니다. (리빌딩)]

[역경자를 제거 하였습니다.]

[질풍자를 제거 하였습니다.]

……

[예민한 자를 제거 하였습니다.]

[근력이 신성의 영역, 신(GOD) 구간에 도달했습니다.]

[근력 : GOD]

＊　　　＊　　　＊

창끝의 일점과 놈의 손아귀 중앙이 맞닿는 순간.

[더 그레이트 실버의 위력이 대폭 증가합니다.]

[대상 : 둠 아루쿠다]

애꿎은 것들은 모두 휩쓸어 버릴 파동이 거기서부터 터져 나왔다.

영계 전체는 천장이고 바닥이고 할 것 없이 죄다 흔들리며 공간의 균열이 벌어진 곳곳마다 비명 소리가 비산했다.

무너지든 말든 내 알 바 아니다. 차라리 그편이 수월할 테니까!

[들끓는 전사의 피를 생성 하였습니다.]
[* 둠 아루쿠다의 동일 특성 '들끓는 전사의 피'는 시스템 관리자 오딘에게 영향을 미치지 못합니다.]

놈의 손아귀는 거대한 크기만큼 두께도 마찬가지였다.

그것을 뚫고 나왔을 때에 놈의 손아귀에는 커다란 구멍이 자리했고 내 전신에선 놈의 핏물만 아니라 놈의 살점까지 흘러내렸다.

놈은 상대적으로 느린 대신 거대한 면적으로 부딪혀 왔다.

두 번째로 구멍이 뚫리고 나서야, 내 힘 또한 일시적이 아니라는 것을 깨달은 것 같았다. 영적 능력은 둠 카오스에게 받은 것일 뿐, 원래 이놈의 바탕은 전사적 소양에 있다.

그러니 수 싸움에도 능할 터.

놈은 머뭇거리지 않고 즉각 자신의 불리함을 인정하는 반응을 보였다.

놈의 거대 육신이 빠르게 줄어들고 있는데 그렇다고 시야가 환하게 개방되는 건 아니다.

우리의 충돌이 만들어 낸 공간의 균열은 육안상의 주위 일대를 모자이크처럼 쪼개 놓았다.

거기에 휩쓸리지 않으려면 근력을 유지해야 한다. 근력이 신성에 달하지 않은 것들의 운명은 지금 그렇게 되고 있는 중이다.

허무(虛無)의 공간으로 빨려 들어가는 즉시 소멸.

탓!

나는 공격을 멈추지 않았다. 기다려 줄쏘냐.

놈의 육체를 관통하는 순간마다 비릿한 냄새가 따라붙었다.

이윽고 녀석의 신형은 관통하는 공격이 불가능해질 정도로 줄어들었다. 놈의 눈높이는 나와 제법 비슷해졌다. 그때도 놈의 몸 곳곳에 뚫린 구멍에선 피가 멈추지 않고 흐르는 중이었다.

공간의 균열이 우리를 갈라 놓은 사이 놈은 거리부터 벌렸다.

그러고는 본인의 손아귀와 몸을 한눈에 담는데, 놈에게서 피어난 검붉은 권능의 기운이 상처들을 메워 나갔다.

구멍이 상대적으로 많이 뚫려 있는 가슴 부위에서 특히 짙다.

놈이 혼란스러워하는 게 느껴진다. 이내 놈이 임전의 태세를 갖추며 고개를 들었을 때에도 얼굴에 가득한 것은 정말로 그러한 감정이었다.

그새 무엇을 바친 것이냐.

*   *   *

혼란만큼이나 커져 가고 있던 게 놈의 투지였다. 비로소 놈이 진면목을 드러낼 것 같았다.

그런데 빌어먹을, 녀석이 한쪽 무릎을 꿇는 게 아닌가?

둠 카오스시여.

놈이 날 무시하더니 기어코 원흉 하나의 이름을 입에 올렸다.

이유야 무엇이 됐든지 간에 이 싸움을 이어 가는 것보단 심판을 요청하는 편이 이득일 거라는 계산이 선 거겠지.

"도망치는 것이냐? 아루쿠다!"

도발에도 불구하고 놈의 반응은 신통치 않았다. 하지만 무슨 까닭에선지 아무 일도 일어나지 않는다. 조용해도 너무 조용하다.

놈이 일어서고 있었다. 그 순간 놈이 보인 그 기묘한 표정이 반가웠다.

오히려 놈은 나만큼이나 만족스러워하고 있는 것이었다.

죽여도 된다는 것으로 받아들이겠습니다.

놈의 작은 아가리에서 침 한 줄기가 막 흘러나왔을 때, 일이 시작됐다.

이제야 진면목을 드러내는구나 싶었다.

[경고: 듐 아루쿠다가 고유 권능 '영계의 주인'을 시전 하였습니다.]

기다리고 있었다, 아루쿠다.

[설계도, '듐 아루쿠다의 고유 권능, 영계의 주인'이 추가 되었습니다.]

바닥이고 천장이고 할 것 없이, 끝이 보이지 않았던 먼 사방에서도 위험스러운 힘이 등장하기 시작했다.

거대하고 붉은 손아귀들이었다. 시야가 미치는 곳 외에

도 감각망 전체에서 그것들이 준동하는 움직임은 실로 가공스러웠다.

영계 전체는 수백 개의 팔을 가진 생명체처럼 돌변했다.

잘라 낼 수 있는 것은 잘라 낸다. 꿰뚫어서 부술 수 있는 것도 마찬가지다.

그러나 그것들은 정해진 수량이란 게 없었다. 어김없이 새로운 것들이 자라나 공백을 채워 오는데, 아루쿠다 또한 가만히 있지 않았다. 놈이 쏘아 보낸 악령들이 길목마다 터져 댔다.

그럼에도 불구하고 응수를 가하며 놈과의 거리를 꽤 좁힌 순간.

놈의 어깨가 들썩이는 게 포착됐다.

놈의 두 눈은 이채로 번질거렸다. 악령들을 다스리는 영계의 주인이면서 본인 자체로도 강인한 전사라는 것을 자신하는 눈빛.

그것이 눈빛뿐 아니라 어떤 실질적인 힘으로 발현되려 한다.

설마하니 놈에게서 전검(戰劍)의 흐름이 보일 줄이야.

신성의 일부분으로 치달은 힘에 놈 자체의 강력한 기운까지 서린 그것은 놈의 주먹 끝에서 완성되는 것이었다.

[경고: 둠 아루쿠다가 스킬 '투신(鬪神)의 맹공'을 시
전 하였습니다.]

눈앞이 온통 놈의 공격뿐이다.

놈의 주먹 끝에서 발현된 힘들. 놈의 눈알에서 뛰쳐나와
터져 대는 악령들. 그 와중에도 뻗쳐져 오는 사방의 붉은
손아귀들까지.

좁혔다고 생각한 거리는 그러한 공격들이 방패에 부딪힐
때마다 벌려지고 있었다.

위에서 쏟아진 손아귀를 꿰뚫어 없애고, 아래에서 치솟
아온 것은 걷어찼다. 놈의 주먹에서 터져 나온 공격은 방패
로 막았는데.

찌릿!

손아귀 하나가 시야 좌측에서 출몰하여 우측까지 훑고
사라졌다.

[고위 주술사 야푼의 전승 목걸이가 파괴되었습니
다.]
[경고: 영혼 저항력을 확인 하십시오.]

영계 전반에서 자라나는 손아귀 하나가 나를 관통하고

지나간 결과는 예상했던 대로였다. 아이템만 부숴 놓을까.

그것은 뇌리까지 건드리며 구태여 끄집어내고 싶지 않은 기억까지 들쑤신다.

제기랄, 이것만 파괴되면 꼭 이 꼴이다!

[시간이 역행 됩니다.]

위에서 쏟아진 손아귀를 꿰뚫어 없애고, 아래에서 치솟아온 것은 걷어찼다. 놈의 주먹에서 터져 나온 공격은 방패로 막았다.

그러며 중심을 뒤로 넘겨 버리자 눈 위로 손아귀 하나가 아슬하게 스치고 지나갔다.

그것을 방패 날로 찢어 버리며 중심을 되찾으려 할 때. 아루쿠다가 연거푸 뻗어 낸 공격체들이 목전까지 이르러 있었다.

둠 카소의 진짜 이름은 카락투였다.

놈에게도 둠이 되기 전에 불렸던 이름이 있었을 것이다. 그리고 그 이름 앞에는 대전사의 호칭이 붙어 있었을 테지만……

지금의 싸움은 전사 대 전사의 싸움이 아니란 말이다.

누구의 전검(戰劍)이 뛰어난지 겨루는 게 아니다.

누구의 신성이 더 위에 있냐는 것이지.

[시간이 역행 됩니다.]

피하고.

[시간이 역행 됩니다.]

맞부딪쳐 공백을 만들고.

[시간이 역행 됩니다.]

고개를 틀어 버리자 놈의 공격 하나가 뺨을 찢고 지나갔
으며.

[시간이 역행 됩니다.]

비로소 한 걸음을 완성 지을 수 있었다.

    *   *   *

놈과의 거리가 좁혀지고 있는 한 시점에서 놈의 만면이 짓뭉개졌다. 도무지 믿을 수 없다는 시선으로 변해 갔다.

탐욕으로 몹시 더러웠던 눈빛은 더는 찾을 수도 없었다.

하지만 놈보다 더 일그러져 있을 것은 내 얼굴이었다.

놈에게는 이 몸이 투신의 화신처럼 보이겠다만, 놈을 지척에 두기까지 있었던 젠장할 시도야말로 헤아릴 수 없을 만큼 많았다.

"죽어라아아아아앗!"

놈이 어떤 반격으로 응수해 올지도 이미 아는 일 아니더냐.

놈을 향해 창을 뻗었다.

창끝이 공간을 찢으며 육안상의 전면 광경을 모자이크처럼 갈라 놓는다.

그래서 놈의 빌어먹을 눈깔들이 수십 개로 보이는 현상이 생긴다.

하지만 어디까지나 육안상일 뿐, 감각망 안에서 놈은 역공을 허용한 단 하나로 존재할 뿐이다. 놈은 이번에도 악령 하나를 눈앞에서 터트려 놓으며 본인에게 유리한 거리를 유지하려 했다.

거기에 그치지 않고 놈은 고룡 하나의 악령까지 토해 놓았는데.

지금으로부터 두 번째 전에 시간을 돌려야 했던 까닭이 거기에 있었다. 내 스스로 고룡의 아가리 속에 얼굴을 집어넣는 꼴밖에 되지 않았으니까.

이번에는 창을 뻗을 때부터 던질 계산이 실려 있었다.

창대에서 손을 놓는 순간.

쉐아아악—!

창은 고룡의 아가리를 관통하여 놈을 향해 날아갔다.

놈에게 달려드는 대신 바닥부터 걷어찼다. 거기에서 막 생성되던 악령의 거대 손아귀는 그 즉시 찢겼다. 바로 이것이 직전에 시간을 돌려야만 했던 이유다.

그제야 놈을 향해 몸을 던질 수 있었건만 이가 악물렸다.

놈은 강력한 타격을 받았음에도 불구하고 그 짧은 찰나에 창대를 움켜쥐려 하고 있었다. 놈의 동작을 눈에 담으면서였다.

[시간이 역행 됩니다.]

"죽어어어엇!"

[데비의 칼이 생성 되었습니다.]

놈의 동작을 잠깐만 저지하면 되는 것이다. 창을 던지면서 데비의 칼을 직전에 담아 뒀던 궤적으로 날려 보냈다.

바닥을 걷어차 악령의 거대 손아귀를 찢고 날아들었을 때.

과연, 놈이 창을 움켜쥐려다가 한 번 움찔하는 틈이 생겼다. 나는 몸을 던진 그대로 창대를 움켜쥐었다. 그러고는 힘을 더욱 불어넣었다.

창은 놈의 복부를 관통해 뒤쪽으로까지 빠져나온 상태였다.

창대에서 그것을 쥔 주먹으로.

놈이 받은 고통이 전해져 오는 시점에서 방향을 아래로 틀었다.

내리찍듯이.

공간마저 꿰뚫어 버리며 확—!

창끝이 정확히 거기에 틀어박히듯 고정되었다. 순간 놈에게서 외마디 비명이 터져 나왔지만, 놈의 두 눈깔은 어느 때보다 건재했다.

그 눈깔 안에는 놈이 먹어 치운 고룡들의 영혼이 꿈틀거리며 명령이 떨어지길 기다리고 있었다.

지금도 사방에서 쇄도해 오는 거대 손아귀들은 또 어떻고.

하지만 놈의 무엇으로도 변하지 않는 사실 하나는 놈은 이제 이 엿 같은 처지에서 벗어날 수 없다는 것이다.

내 앞에는 꼬챙이에 꿰뚫린 짐승 한 마리가 눕혀져 있을 뿐이다.

무한히 되돌려질 시간의 감옥 안에서.

[둠 아루쿠다: 고유 권능, 영계의 주인 (설계도 O)

고유 권능, 한계가 없는 힘 (설계도 O)

특성, 들끓는 전사의 피 (설계도 O)

스킬, 악령 폭발 (설계도 O)

스킬, 부정한 영혼 (설계도 O)

스킬, 투신의 맹공 (설계도 O)]

"이게 다냐?"

[경고: 둠 아루쿠다가 스킬 '악령 폭발'을 시전 하였습니다.]

놈의 눈깔에서 고룡 하나의 악령이 비명을 지르며 튀어 나오려는 것도 그 순간 무산되었다.

[시간이 역행 됩니다.]

"이게 다냐?"
다시 물으면서였다.

[악령 폭발을 시전 하였습니다. (재료: 더 그레이트 실버의 악령)]
[경고: 둠 아루쿠다가 스킬 '악령 폭발'을 시전 하였 습니다.]

찰나의 순간 놈이 경악하는 눈빛을 보였지만 이미 늦었 다. 내가 먼저 일으킨 그것은 놈의 눈 안에서 충돌하고야 말았다.

창대를 놓쳐서는 안 된다는 생각과 방패로 몸을 가려야 한다는 생각이 동시에 미쳤다.

생각보다 빠른 것이 이 육신에 찌든 경험들이었다.

[* 보관함]

[고위 주술사 야푼의 전승 목걸이가 추가 되었습니다.]

창대를 쥔 주먹이나 방패로 전면을 가린 동작에도 힘이 실렸지만.

[경고: 물리 방어력, 마법 방어력이 소진 되었습니다.]
[경고: 오딘의 홍염 방패가 파괴되기 직전입니다.]

당장 눈앞이고 감각망이고 죄다 이지러졌다.

"크으으으……."

누구의 신음인지 분간할 필요가 없게도 우리 둘 모두에게 나오는 소리였다.

잘 보이지 않았다.

감각망 또한 궁극의 영역을 유지하는 것만으로도 힘에 부쳤다. 그래서 간신히 한쪽 눈을 뜰 수 있었을 때, 거기에서 이는 통증을 짓눌러야만 앞을 볼 수 있는 것이었다.

목걸이를 다시 장착하며 확인했다.

창대와 방패를 쥐고 있던 양 주먹은 살점이 찢겨 날아가 뼈를 드러내고 있었다.

한편 놈은 폭발이 일었던 한쪽 눈깔뿐만 아니라 다른 눈깔도 함께 감겨진 채로 핏물을 쏟아 내고 있었다. 문득 창대를 쥔 주먹이 아려 왔다.

놈이 그 와중에도 전의를 잃지 않았다는 분명한 증거였다.

[경고: 둠 아루쿠다가 스킬 '투신의 반격'을 시전 하였습니다.]

놈의 커다란 손바닥에서 반격이 시작되려 하고 있었다.

[시간이 역행 됩니다.]

방패로 놈의 팔을 가격해서 반격을 차단한 직후, 한쪽 눈을 떴다.

여유분의 힘은 데비의 칼로 남겨져 있었다. 그러나 그걸로 족하다.

[데비의 칼이 제거 되었습니다.]
[인드라의 칼로 전환 되었습니다.]

놈에게 인드라의 칼을 꽂아 넣으며 시작했다.

*　　*　　*

반격을 계속 차단했다.

놈이 본인의 육신 중 일부를 재료로 삼아 대형 도끼를 만들어 내려 했던 것도, 전신을 튀어 올려 창에서 빠져나오려고 했던 것도.

되돌려지는 것 없이 이어져 왔다면 놈이 우세를 점하고 있었을지도 모를 일이라 생각됐다.

탐욕이 사라지고 만 자리에는 어쩔 수 없는 생존의 의지가 투지로 발현됐으며 그 투지는 놈이 일으키는 또 다른 힘, 영계 사방에서 자라나는 붉은 손아귀들에도 영향을 미쳐 왔으니까!

빌어먹을 그것들이 날 얼마나 미치게 하는지 모른다.

시간의 감옥에 갇힌 건 놈만이 아니었다.

간수 역시도 거기를 벗어날 수가 없는 것이다. 그러니까 뒈져라, 좀!

[시간이 역행 됩니다.]

머리 위를 스치는 붉은 손아귀.

[시간이 역행 됩니다.]

피하며 찢고, 아루쿠다 놈에게 일격을 먹이며 퍼억!
그때 또다시 에워싸오는 붉은 손아귀들.

[시간이 역행 됩니다.]

역행됩니다. 됩니다. 됩니다아아아아악—!
뇌리에서 날뛰는 수만의 지난 환상들이 지금의 내게 소
리쳐 대고 있었다.
시간을 되돌린 매 순간은 피부터 들끓고, 관자놀이를 뭔
가에 쥐어뜯기는 것만 같은 통증이 가증스럽게 일어난다.
젠장할 것.
지금도 그랬다. 놈을 때려죽이고 싶은 생각밖에 없었다.
시스템 창에는 어떤 경고가 없지만 진실로 알고 있다.
나는 광분(狂奔)에 휩싸여 있다.
눈 두 쪽을 완전히 뜰 수 있을 만큼 재생된 상태였어도
주먹이 계속 뼈를 드러내고 있는 건 그 때문이다.
차도가 있을 만하면 놈을 가격해야 하는 순간이 만들어

져 왔었다.

바로 지금처럼.

퍼억!

[둠 아루쿠다에게 강력한 피해를 입혔습니다.]

놈은 창대에 꽂힌 그대로 축 늘어져 버려서는 움직임을
잃었다.

[둠 아루쿠다: 고유 권능, 영계의 주인 (설계도 O)

고유 권능, 한계가 없는 힘 (설계도 O)

특성, 들끓는 전사의 피 (설계도 O)

스킬, 악령 폭발 (설계도 O)

스킬, 부정한 영혼 (설계도 O)

스킬, 투신의 맹공 (설계도 O)

스킬, 투신의 반격 (설계도 O)

스킬, 투신의 격분 (설계도 O)

스킬, 투신의 고함 (설계도 O)]

[둠 아루쿠다를 처치 하였습니다.]

　　　　　*　　　　*　　　　*

　　격분은 전투가 끝난 즉시 증발되는 게 아니었다. 손이 심하게 떨렸다.

　　영계 곳곳에 뚫려 있는 구멍들은 모두 다 허무(虛無)의 공간이었고 힘을 잃은 아루쿠다의 시체도 거기로 빨려 들어가려는 조짐이 보였다.

　　창을 빼내며 놈의 상단을 쭉 그어 버렸다.

　　아루쿠다의 시체가 그대로 빨려 들어가 종적을 감춘 시각.

　　창을 회수하며 거둬들인 것들이 손아귀로 날아 들어오기 시작했다.

　　그중 첫 번째.

　　[둠 아루쿠다의 마석! (재료)

　　신성에 도전했었던 한 괴물의 강력한 생명력이 응집되어 있습니다.

　　"둠 맨은 앞날을 보고 있었다. 그 힘만 차지할 수 있다면!"

　　등급: SSS]

[추출자가 발동 하였습니다.]
[경험치 60억을 획득 하였습니다.]
[레벨이 상승 했습니다.]
[레벨이 상승 했습니다.]

한낱 가루로 흩어지고 있을 때 두 번째 미석이 날아들었
다.

[둠 아루쿠다의 마석2 (재료)
신성에 도전했었던 한 괴물의 강력한 생명력이 응집
되어 있습니다.
**"방법이 보이지 않는다. 이러다 죽고 말겠어. 죽
음…… 죽음이 무엇이냐."**
등급: SSS]

[레벨이 상승 했습니다.]
[레벨이 상승 했습니다.]

세 번째도.

[둠 아루쿠다의 마석3 (재료)

신성에 도전했었던 한 괴물의 강력한 생명력이 응집
되어 있습니다.

"놈의 집착은 나의 탐욕을 앞선다."

등급: SSS]

네 번째도 그리고 이후에도.

손아귀에 잡힌 즉시 부서져 나가며 그렇게 도합 열 개의
마석이 산산이 흩어졌다.

[레벨: 682]

오버로드 구간 중입(中入)!

지금도 관자놀이 깊숙한 곳을 쑤시기 바쁜 두통들은 과
거의 잔상들일 뿐, 궁극의 영역에서 머물 수 있는 시간이
늘어났다는 직감을 받았다.

연달아 이어진 열 번의 확장 끝에 전신의 떨림은 더욱 세
져 있었다.

흥분을 주체할 수 없기 때문이었고 이는 결코 기쁨에서
오는 게 아니었다.

분노였다.

죽어서 이것밖에 남기지 않은 놈을 향해서!

놈은 시간의 감옥에서 벗어나기 위해 할 수 있는 발악을 다 동원했었다. 저항이 그리 격렬하지 않았다면 더 많은 마석을 남겼으리라!

후욱. 후욱.

계속 뜨거운 숨만 코밑을 스쳐 대는데 미칠 것만 같았다.

영계 곳곳에 구멍이 생겼어도 세계 전반을 물들이고 있는 붉은 색채만은 여전해서 그 색채가 나를 계속 자극하고 있는 건지도 몰랐다.

천장에 난 틈 중 하나로 시선을 옮겼다. 거기는 영계 바깥의 하늘로 노출되어 있어 달빛이 내려오는 곳이었다.

쓰삿—!

[달아나는 악령 무리를 처치하였습니다.]

잡다한 것들을 치우고 나자 시야가 깨끗해졌다. 하지만 효과는 크지 않았다.

그때도 수만 수십만의 과거 환상들이 뇌리에서 교차해 대고 있었다. 아루쿠다를 처치할 수 있도록 온갖 길을 보여 주었던 그것들이 이제는 새로운 사냥감을 찾은 듯싶었다.

그것들이 살의를 부추긴다.

조금만 정신을 놓아도 몸이 제멋대로 움직여 골드를 향해 갈 것 같았다. 그래서 한 마디 한 마디에 힘을 주며 말했다.

쓰러져 있는 골드를 향해서였다.

[시스템 관리자 오딘: 조금만 움직여도 소멸시켜 버린다.]

[더 그레이트 골드의 영혼: 크르르르…….]

놈은 꽤 조용해졌다.

하지만 내 말을 정말로 알아들어서는 아닐 것이다.

*　　*　　*

허무의 공간들이 닫히고.

달이 틈 너머로 기울어 보이지 않을 무렵.

코밑은 더 이상 뜨겁지 않았다. 숨결은 제멋대로 훅훅 대는 것 없이 차분해졌다.

비로소 내 자신을 되찾은 기분이 드는 반면에 마음 한켠은 여전히 무거웠다.

그렇게나 격분에 휘말리고 말다니.

그러면 안 된다는 걸 누구보다 잘 알면서도 그건 통제할 수 있는 게 아니었다.

아루쿠다와 싸웠던 순간순간들이 비몽사몽 간에 일어난 일인 것처럼 뚜렷하지 않다.

나 역시 놈을 처치해야 한다는 일념(一念)만으로 움직였던, 시간 속의 노예였다.

이런 경우가 반복되다 보면 둠 카오스처럼 되고 마는 것이다. 타락하는 것이다. 유일해지겠다는 야욕 외에는 남은 게 없는 존재로⋯⋯.

조나단의 별장에서 순두부찌개를 먹었던 게 정말로 오랜 세월 전의 일인 것처럼 느껴졌다.

그렇다.

저주는 따로 있는 게 아니다. 젠장.

[시스템 관리자 오딘: 골드.]
[더 그레이트 골드의 영혼: 크르르⋯⋯.]

골드의 울음소리는 신음과 섞여 나왔다. 다시 확인해 보아도 놈은 정상적인 상태가 아니었다. 남아 있는 것이라고는 생존 본능뿐인 짐승에 불과했다.

놈에게 안식을 선사해 주기 전에 해야 할 일이 남아 있었다.

　[게이트 생성을 시전 하였습니다.]
　[목표: 본토, 우연희의 객실]

　그녀는 의외의 모습으로 나타났다. 상반신을 노출한 상태였고 그래서 거기에 자글자글한 흉터들도 함께 시야에 들어왔다.

　연희는 주위를 빠르게 둘러보더니 한 손에 쥐고 있던 셔츠를 입기 시작했다.

　그녀가 셔츠 밖으로 얼굴을 빼내며 말했다.

　"뭐야, 이 지옥은."

　정령계를 악몽이라 표현한 그녀의 눈에도 여기가 그렇게 보이는 것이었다.

　그녀의 시선은 자연스럽게 골드의 영혼 쪽으로 옮겨졌다.

　"골드?"

　"맞다."

　"저거, 정신이 파괴됐어."

　"그래서 널 부른 거다. 뽑아 쓸 만한 기억이 있나 보자고."

"아루쿠다는?"

"메시지 간 것 없어?"

"메시지라니……."

그녀가 말꼬리를 흘리더니 부쩍 동그라진 눈으로 되물었다.

"처치한 거야? 아루쿠다를?"

그녀는 주위를 다시 눈에 담기 시작했다.

그제야 천장 곳곳에 벌어진 틈과 날 두려워하는 악령들 그리고 조용하기만 한 골드의 상태까지도 제대로 보이는 모양이었다.

그녀는 이제 나를 위아래로 훑어보면서 눈꼬리를 파르르 떨었다. 그건 위로의 눈길이었다.

그런데 둠 카오스는 군주들에게 아루쿠다의 죽음을 알리지 않은 것일까.

혹시나 싶어서 성 드라고린의 정황에 대해 아는 것이있냐고 묻자, 의미심장한 대답이 들려왔다.

"하늘의 조짐이 심상치 않대."

"……."

"조사진들은 자연적인 일이 아니라고 결론 내렸어. 사령부에서 위험 지역에 퇴각을 지시했고."

본부에 영상이 있다는데 골드의 영혼을 남겨 두고 떠날

순 없었다.

어쨌거나 성 드라고린에서 발생한 현상은 두 원흉과 관계가 깊을 수밖에 없었다. 그것들이 아니고야 누가 그런 영향을 미칠 수 있겠는가.

아루쿠다는 죽었고 골드는 이지를 상실한 채로 내 앞에 쓰러져 있다.

남은 건 레드나 정령왕들뿐인데, 그것들에겐 성 드라고린의 천공 전체에 영향을 줄 법한 힘이 깃들어 있지 않다.

어쩌면 둠 카오스는 지금까지 개입하지 않은 것이 아니라 못한 것일 수도 있었다.

"서둘러야겠군."

골드 쪽으로 등을 돌리며 말했다.

"정신이 파괴된 것이야. 가뜩이나 저런 존재의 정신세계는…… 추정이 불가능해. 선후야, 너 이제 막 싸움을 끝냈어."

연희가 우려의 목소리를 냈다.

하지만 곤경을 겪었던 건 그녀도 마찬가지였다. 내게는 정말 오래된 것처럼 느껴지긴 하지만, 그녀에게 가해진 채찍질은 지금으로부터 불과 몇 시간 전에 일어난 일이었다.

몸을 추슬러야 하는 건 내가 아니라 그녀지만.

"최소한 두 가지다."

마저 말했다.

"올드 원이 본체를 어디에 두는지. 더 그레이트 레드의 안식처가 어디인지."

자신 없어 하는 그녀의 얼굴에 대고 한마디 덧붙였다.

"저런 상태에서도 성 드라고린에서 눈을 떼지 않은 놈이다. 저것의 안 어딘가에 필시 남아 있다. 유능한 길잡이가 필요해. 그리고 너밖에 없다. 우연희."

*　　　*　　　*

"깨우지 말랬…… 으헛!"

잠에서 깬 성일은 손가락을 세워서 머리를 긁다가 오만상을 찌푸렸다.

아직도 거기에 패여 있는 검흔 때문이었다. 엠퍼러 엑사일은 동부 전역을 지배하는 패자이기도 했지만, 그 본인 자체가 대단한 검사였다.

사나이 존심에 다구리를 치는 것을 용납할 수 없었을뿐더러.

대장이나 된 자신이 그자부터 꺾어 놔야만 제국군의 사기를 꺾을 수 있는 것이었다.

그래서 1:1로 겨뤘고 죽다가 살아났다.

일주도 더 된 일.

그럼에도 불구하고 재생력을 약화시키는 저주가 아직도 남아 있는 게 지랄 맞다.

"보셔야 할 게 있습니다."

"뭔디 그려. 오밤중에 꼭 난리법석을 떨어야 쓰겄어?"

"……밤이 아닙니다."

그러며 그의 부장이 보여 준 시계는 확실히 오전 시간대를 가리키고 있었다.

성일은 버릇처럼 그의 흉갑, 황그미를 매만지면서 상체를 일으켰다.

[칼리버 권성일의 황금 흉갑]

그것은 성일의 목숨을 구제해 준 신물이면서 1군단에게 있어서는 멈추지 않을 승전의 상징이었다.

성일이 창가로 걸음을 옮겼을 때.

소용돌이가 맹렬한 바다의 움직임과 함께 아침을 밤이라고 오인할 만큼 칠흑으로만 가득 찬 천공이 한꺼번에 시야에 들어왔다.

"언제부터 이런 거여?"

"네 시간쯤 됐습니다."

따악!

성일이 그의 부장에게 딱밤을 먹였다. 아무리 힘을 뺐다고 해도 첼린저 중입을 넘어선 성일의 손가락 끝에서 벌어진 일이었다.

순간에 부장의 무장에서 번뜩였던 방어막이 그 즉시 흐릿해지며 부장 또한 뒤로 튕겨 날아갔다.

"엄살 피우지 말고 일어나. 어여. 사령부에서는 뭐라혀?"

"우리 쪽만 이런 게 아니었습니다. 이계 전체가 다 이런가 봅니다. 위험 지역으로 선포할지 말지는, 칼리버 님의 의견을 존중하겠다 합니다."

"위험 지역으로 선포할 정도여?"

"재앙에 직격된 곳이 적지 않은 것 같습니다."

"나는 괜찮은디. 그짝들은 잠이나 잘 수 있겠어?"

아직 회수하지 못한 전리품들을 두고 하는 소리였다. 과연 성일이 그렇게 묻자, 부장에게서는 대답이 들려오지 않았다.

그때 갑자기였다. 성일이 부장을 밀어 차 버리며 쾅 소리가 났다.

부장이 서 있던 자리에서 핏물이 치솟아 올랐다. 하지만 그것은 부장이 흘린 피가 아니었다.

핏물은 스스로 살아 움직이는 듯 꿈틀거리기까지 했다.

성일은 이게 뭔지 알고 있었다.

"대체 이게 뭔 짓이요. 죽을 뻔했지 않았수!"

성일은 그의 부장이 바닥을 짚고 일어나는 것을 확인한 뒤에야 난입자를 향해 쏘아붙였다. 그때부터였다.

둥. 둥. 둥.

어떤 심장 소리가 장내 전체를 울리기 시작했다.

난입자의 손에서 자라난 불가사의한 채찍에서 일어나는 소리.

성일의 시선은 그 채찍에서 난입자의 얼굴로 옮겨졌다. 오한이 돋게 만드는 얼굴임에 틀림없었다. 어둠에 잠긴 콧날 위로 서늘한 두 눈이 자신을 응시하고 있었다.

성일의 판단은 빨랐다.

[칼리버 권성일의 황금 흉갑을 사용 했습니다.]

흉갑으로 황금빛을 터트리며, 성일은 뒤로 크게 거리를 벌렸다.

아니, 벌렸다고 생각했다. 그러나 발목을 죄어 오는 압박을 느끼며 중심이 쏠려 버린 순간.

발목 거기에 휘감아져 있는 채찍이 보였다. 채찍은 풀어

지기 무섭게 높이 치솟아 올랐다. 그것이 허공에서 공포스
러운 소리를 또 울렸다.

둥.

한 번의 심장 소리.

짜악!

그러며 내려쳐지는 채찍질.

허튼짓. 하지 말라, 전해라.

성일은 비명을 참기 위해 이를 악물었다.

고통에 이가 깨져 버릴지언정 변절자 따위에게 들려줄
비명이란 그의 사전에는 없는 것이었다.

*　　　*　　　*

[더 그레이트 골드의 정신 세계에 진입합니다.]

얼마나 헤매고 다녔을까.

연희가 염려스러웠다. 그녀에게 미안함이 컸지만 중단할
수 없었다.

그녀도 슬슬 나와 같은 결론에 도달했거나 이 미치광이

의 세계가 위협으로 다가오기 시작했을 수 있었다.

그녀가 모처럼 말문을 떼려 하고 있었다.

"이런 식으론 영영 찾질 못해."

연희는 정면에서 쏟아지는 괴물들을 일거에 베어 버리며
말했다.

얼굴도 이빨, 손과 다리도 이빨. 심지어 복부에도 쩍 벌
린 이빨이 박힌 괴물들은 그 많은 방어체들 중에서도 졸병
에 불과했다.

그녀가 괴물들을 베어 버린 찰나에도 뒷배경은 계속 흔
들린다.

지금까지 이르러서도 그녀의 어깨너머로 펼쳐진 광경은
절대 익숙해질 수가 없는 것이었다.

정신이 파괴되어 버린 미치광이의 세계에서는 정상적인
것이 하나도 없었다. 온갖 형상들이 찰나에 괴악하게 변해
대는데, 그러한 광경을 지켜보는 것만으로도 나까지 오염
되는 느낌이다.

"무대를 유리한 쪽으로 변경해야 돼."

그때 연희를 껴안고 뛰어올랐다.

아래는 바로 직전까지 땅이었으나 찰나에 아루쿠다의 거
대 얼굴로 변해 있었다.

둠 아루쿠다를 숭배하라. 둠 아루쿠다를 숭배하라. 둠 아루쿠다를 숭배하라.

미친 목소리가 세상을 또 울렸다.

"골드를 네 고통 속으로 끌어들일 거야. 체념······ 좌절······ 그러한 순간으로. 그때는 네게도 영향이 미칠 수밖에 없어."

"상관없다. 길잡이의 지침에 따를 뿐."

"준비해!"

연희가 미간에 힘을 주면서 내 목을 끌어당겼다. 그녀가 능력을 한계치까지 끌어올리며 느끼는 고통이 거기로 전해져 왔다.

[우연희가 무대를 변경 하는 데 성공 하였습니다.]

[무대 : 본 시대, 2018년 2월 17일]

휘이잉.

차가운 바람이 양복 사이로 스며들었다. 어찌 잊을 수 있을까.

당시는 내 인생에 있어서도 혹독한 겨울이었다.

면전에서 퇴직 통보를 받았었다.

그런 후에 등 떠밀려 거리로 나와 바로 눈에 뜨인 것이 저 벤치였다. 바로 저기에 앉아 언제고 소송장으로 돌변할 수 있는 서류들을 읽고 또 읽었었지.

그 서류들이 지금 내 손에 쥐어져 있었다. 구태여 열지 않아도 이 안이 어떤 내용으로 빼곡할지는 선명한 일이다.

회사에 입힌 손실들.

확.

나는 그것을 바닥에 내팽개쳐 버린 후 주위를 확인했다.

한 젊은 여성과 눈이 마주쳤다.

기억에도 없는 흔한 행인 중의 하나인 여자였고, 실패한 게 분명한 동양인 따위에게는 별 관심을 주지 않는 무정한 시선이었다.

그런 그녀가 하이힐을 또각거리며 내게 걸어오기 시작했다.

키도 얼굴도 서서히 연희로 변해 갔다.

연희가 나를 빤히 쳐다보는 시간이 길어졌다. 그러다 의아한 빛이 짙어졌다.

"괜찮아?"

"뭐가."

"너무 멀쩡한데? 무기력하거나 고통스럽거나…… 그런 거 없지? 무대가 이렇게나 깔끔할 수가 없어."

"없지."

"대체 우리 뭐 한 거야. 놈을 과대평가했었어."

오히려 밝아진 목소리였다.

"이걸로 보다 확실해졌군."

"응?"

"나는 강해. 내외적으로 전부."

웃으라고 한 소리였고 실제로 효과가 있었다. 연희는 씩 웃어 보이며 날쌘 솜씨로 팔을 뻗었다.

그녀의 손에 단검이 쥐어지고 그것으로 우리를 특정해 걸어오던 한 행인의 목을 꿰뚫어 버리기까지는 순식간이었다.

핏물이 튀었다.

숨통이 일거에 끊겨 버리며 나오는 공기 빠진 소리까지.

[사용자 우연희가 하급 방어체, 행인을 처치 하였습니다.]

"꺄아아아악—!"

정신세계의 허상(虛像) 주제에 비명 소리가 제법 요란스럽다.

월가의 양복쟁이들에게서도, 도로를 메우고 있는 차들의 창문에서도 기겁한 얼굴들이 속출했다. 그때 우리는 함께 지면을 박찼다.

콰앙!

　[하급 방어체, 행인을 처치 하였습니다.]
　……
　[하급 방어체, 행인을 처치 하였습니다.]

아래가 훤히 내려다보이는 빌딩 옥상.

구태여 이쪽의 사정을 염두에 둘 까닭이 없어서 우리가 함께 자리를 박찼던 자리에는 거대한 구덩이가 남아 있었다.

그 안에는 이 세계의 평범한 주민과 우리를 노리려 했던 것들의 시신이 무분별하게 뒤섞여 있었다.

인근 건물들에서도 평범한 주민들이 뛰어나오는 중이었다.

"당시의 수준에서 생각해 봐. 전 세계 중 어디의 보안이 가장 강력했을지."

클럽의 정체를 깊이 생각해 본들 음모론 수준에 지나지 않았던 시기.

당시는 사전 각성자들의 존재에 대해서도 몰랐었다. 한 달 후에 외계 괴물들이 쳐들어올 거라는 망상조차 허락되지 않았던 시기였다.

그렇게 당시의 나는 지극히 평범한 시각을 가진 일개 금융인에 불과했었다.

연희가 조건을 보탰다.

"아니, 이게 좋겠다. 당시의 기준에서 절대 손에 넣을 수 없는 것이 뭘까?"

답은 보다 좁혔다.

"미 연합국이나 러시아, 중국 등의 강대국 핵 사용 권한."

"더 좁히자면?"

"중국."

"그럼 거기가 가장 가능성이 높겠어. 가자. 번거로워지기 전에."

그때 문득 든 생각에 고개가 저어졌다.

"잠깐."

누구나 자신만의 세계를 가진다.

시장 규모가 크든 작든, 대외적으로 가치를 인정해 주든 말든.

성장 과정 속에 자연히 속해 버린 세계 안에서 어떻게든 살아가고 있는 게 우리 아닌가. 당시에 나 역시 그랬다. 금융인의 시각에서 살았으며 그 세계가 내 전부였었다.

그러니 금융인의 세계에서 절대적인 것은 무엇인가?

"미 연방준비은행의 지분이겠군."

[게이트 생성을 시전 하였습니다.]

아이작 로트실트. 오랜 기억을 뚫고 나온 뒷모습이 눈앞에 있었다.

본 시대의 과거 상황이 계산되어진 무대다. 그래서 그는 휠체어를 타고 있지 않았다.

그는 건강한 모습 그대로 모니터를 들여다보고 있었다. 거기에선 월가 한복판에서 일어난 의문의 폭발 사건이 실시간 이슈로 다뤄지고 있었다.

하지만 그는 최고 방어체, 더 그레이트 골드가 아니었다.

"우리가 맞았다면 곧 나타날 거야."

연희가 그렇게 말했을 때였다. 아이작 로트실트가 고개를 돌렸다. 본능적으로 무기가 될 만한 것부터 찾는 손짓이 있었다.

"원하는 것을 말해 보게. 젊은 친구들."

그는 연희가 쥔 단검에서 피가 떨어지고 있는 걸 보며 말했다.

떨지도 않고 태연하게 반응한다. 나는 무의식중에 그를 이렇게 평가하고 있는 것이었다.

"본체는 내가 상대하지."

"여긴 현실의 법칙대로 움직여. 절차가 어떻게 돼?"

"당사자 간의 계약이면 충분해. 그것보다 은밀한 거래는 없지."

"그럼 저놈은 내가 따로 데리고 가야겠어. 최대한 멀리."

"좋을 대로."

연희와 몇 마디 주고받고 있을 때.

"한국에서 온 친구들이었군. 여기가 어디인지는 듣고 온 겐가? 일단 거기에 앉아 보게. 자신하는데 젊은 친구들이 실수를 깨닫기까지 오래 걸리지 않을 걸세. 내 이야기를 들어 준 보상도 톡톡히 치러 줌세."

그가 느릿하게 말하며 맞은편의 의자를 가리켰다. 우리가 본인의 언어를 알아듣지 못할 것까지 가정된 제스처도 있었다.

길잡이가 뛰어날수록 무대 구성의 리얼리티에 힘이 실린다.

연희의 능력은 볼 때마다 늘어나 있다. 그녀가 몸을 띄웠다.

쉐엑―

그녀가 아이작 로트실트의 앞에 섰을 때는 이미 그녀의 주력 중 하나가 완성된 상태였다.

그녀가 말했다.

"미 연방준비은행의 지분을 우리에게 넘겨, 노친네."

아이작 로트실트는 이제 없고 연희의 노예만이 존재할 뿐이다.

비록 여기가 허상이라고 해도, 현실에서도 얼마든지 가능한 일.

연희의 노예는 공손하게 대답했다.

"잡음이 없도록 하겠소. 그러기 위해선 몇 가지 준비가 필요합니다."

"당장 필요한 것만 챙겨. 괴물이 나타나서 다 쓸어 버릴 예정이거든."

"따로 분부하실 일은 없으십니까?"

"서두르기나 해."

"예."

나는 최고 방어체가 언제 나타날지를 경계하고 있던 중이었다.

[강화된 절대 전장을 시전 하였습니다.]

"왜?"

"골 때리는군. 여기에서 마무리 짓도록."

그렇게만 대답하고 결계에서 빠져나왔다. 환상은 환상으로만 그쳐야 한다.

[데비의 칼을 시전 하였습니다.]

지금 보는 광경이 현실이라면 그 즉시 전의를 상실하고 말았을 것이다.

저택 뜰로 착지하며 쏘아 보낸 것이 시야 저편에서 목표와 충돌했다.

섬광이 번뜩였다.

콰아아아아앙!

굉장한 폭발음과 함께 버섯 모양의 연기가 피어올랐다.

저택 경비원들은 날 의식하지도 않았다. 그것들 중에서 방어체로 각성한 것들만이 내게 뛰어들었다가 갈려 나갈 뿐.

그 외 평범한 주민들은 점점 크게 확장되는 버섯 연기만을 바라보고 있었다.

"세상에……."

"하느님 맙소사……."

어떤 것은 성호까지 그었다.

그들이 주위를 두리번거리던 중에 내 곁에서 일어난 일도 발견했다.

쪼개져 있는 시신들을 본 그것들의 반응은 한결같았다.

총을 빼 들어 발사하는데, 내가 힘을 쓰지 않더라도 스스로 절멸할 예정이었다.

온다. 바로 도착했다. 굉장한 열풍이 불어닥쳤다. 내게 총을 겨눴던 것들은 모두 휘청거리며 도망쳐야 한다는 소리만 냈다.

하지만 열풍과 함께 전면의 모든 걸 쓸어 버리며 당도한 검은 연기!

그 속에는 앞서 쓸어 왔던 온갖 파편들이 가득해서 그것들이 계속 몸에 부딪쳐 댔다.

원래 이 세계에서 노렸던 것은 아이작 로트실트의 죽음이었을 것이다. 고작 핵 공격 따위로 나를 어찌할 수 있을까. 생채기조차 낼 수 없는 법.

대지 곳곳에 튀긴 불똥들이 사방으로 번져 나가고 있을 무렵.

비로소 놈이 모습을 드러냈다.

"크르르르……."

[정신 세계의 주인, 최고 방어체. 더 그레이트 골드
가 출현했습니다.]

*　　*　　*

놈의 정신세계에서 튕겨져 나갈 수도 있었던 순간이 아
주 없던 것만은 아니다.

위기는 놈이 공멸을 꾀했던 일격에 있었다. 아루쿠다를
잡아 성장시켜 놓은 힘이 없었더라면 그 일격을 허용하고
말았으리라.

절대 전장 역시 무사하지 않았을 것이다.

[강화된 절대 전장이 제거 되었습니다.]

일대에서 온전한 건 결계의 보호를 받았던 저택뿐이었
다.

그것도 결계가 사라지자마자 갈라진 지각 틈으로 무너지
며 사라졌다. 연희는 그 전에 몸을 던져 왔다. 그녀의 손에
는 온갖 서류들이 잡혀 있었다.

그녀가 나부끼는 핵먼지를 보면서 눈살을 구겼다.

"환상인 게 다행이네."

하지만 본 시대에서는 환상이 아니었다. 시작의 날 세계 곳곳에서 터져 댔던 핵들은 종말을 앞둔 날까지도 영향을 미쳤었다.

다만 그녀가 오해하는 바는 사방 어디에 아무것도 남겨진 게 없는 작금의 피해가 핵폭발에서 시작된 게 아니라는 점이다.

유럽 대륙 전반이 갈려 버렸다. 더 그레이트 골드와의 싸움 한 번에.

하물며 원흉들과 본토에서 격돌하면 어떻게 되겠는가. 어떤 무엇을 바쳐서라도 본토가 전장으로 돌변하는 일은 없어야 하는 것이다.

"맞아?"

나는 그녀가 쥐고 있는 서류 뭉치를 향해서 물었다. 당장 보이기로는 과거에도 빼앗아 본 적이 있었던 계약서와 증빙 서류들이었다.

"헛수고가 아니었어. 받아."

서류들이 내 수중으로 옮겨졌을 때. 낱장 별로 빠르게 넘어가기 시작했다.

[더 그레이트 골드의 잃어버린 기억들을 확보 하였습니다.]

〈다음 권에 계속〉

사도연 판타지 장편소설

ORIGINAL FANTASY STORY & ADVENTURE

『용을 삼킨 검』, 『신세기전』 사도연 작가의 신작!

『두 번 사는 랭커』

여러 차원과 우주가 교차하는 세계에 놓인 태양신의 탑, 오벨리스크.
그리고 그곳에 오르다 배신당해 눈을 감아야 했던 동생.
모든 걸 알게 된 연우는 동생이 남겨 둔 일기와 함께
탑을 오르기 시작한다.

dream
books
드림북스

『제왕록』, 『무림에 가다』 시리즈의 작가 박정수
그가 거침없는 현대 판타지로 돌아왔다!

『신화의 전장』

주먹을 믿지 마라.
우리가 살아가는 이 땅에 인간을 벗어난 자들이 존재한다.

dream
books
드림북스

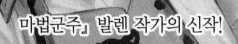

『마법군주』 발렌 작가의 신작!

『정령의 펜던트』

“정령사는 말이지, 되고 싶다고 해서 되는 게 아니야.
그냥 그렇게 태어나는 거지.
날 때부터 정해진 운명 같은 거라고.”

dream
books
드림북스

정령왕

엘퀴네스

개정판

이환 판타지 장편소설

『숲의 종족 클로네』, 『은빛마계왕』의 작가,
이환 대표작 『정령왕 엘퀴네스』 완전 개정판!

어설픈 정령왕의 좌충우돌 모험기를 다시 만난다

컬러 일러스트 · 네 칸 만화 · 캐릭터 프로필 & QnA
매권 미공개 외전 수록!

dream books
드림북스